世界经典文学名著大全

青少年彩绘版

莎士比亚悲剧集

【英】莎士比亚 原著

马金灿 改编

当代世界出版社

图书在版编目(CIP)数据

莎士比亚悲剧集 /(英)莎士比亚(Shakespeare,W.)原著;马金灿改编. ——北京:当代世界出版社,2013.6

(世界经典文学名著大全:青少年彩绘版)

ISBN 978－7－5090－0894－2

Ⅰ. ①莎… Ⅱ. ①莎… ②马… Ⅲ. ①悲剧－剧本－作品集－英国－中世纪 Ⅳ. ①I561.33

中国版本图书馆 CIP 数据核字(2013)第 044284 号

书　　名	世界经典文学名著大全(青少年彩绘版)——莎士比亚悲剧集
出版发行	当代世界出版社
地　　址	北京市复兴路4号(100860)
网　　址	http://www.worldpress.org.cn
编务电话	(010)83907332
发行电话	(010)83908409
	(010)83908455
	(010)83908377
	(010)83908423(邮购)
	(010)83908410(传真)
经　　销	新华书店
印　　刷	三河市汇鑫印务有限公司
开　　本	710×1000 毫米　1/16
印　　张	15
字　　数	190 千字
版　　次	2013 年 6 月第 1 版
印　　次	2013 年 6 月第 1 次
书　　号	ISBN 978－7－5090－0894－2
定　　价	28.80 元

如发现印装质量问题,请与印刷厂联系。
版权所有,翻印必究;未经许可,不得转载!

幸福刚刚起步

奥赛罗来到威尼斯城以后,参加了这里的部队。在一次对抗土耳其军队的战争中,他不畏强敌,勇敢地和敌人在战场上厮杀,在那场战争中立了大功,被提升为威尼斯军队的将军。

苔丝狄梦娜受到牵连

凯西奥走了没多久,奥赛罗便来到了苔丝狄梦娜身边,苔丝狄梦娜见自己的丈夫回来了,就马上向他替凯西奥求情。

安东尼沉迷于美色

罗马共和国最重要的军队指挥官和管理人员,骁勇善战的主帅安东尼,每日沉湎于与情人克莉奥佩特拉的痴缠中,他在这位埃及女王的宫中纵情声色,完全忘记了自己肩负的重任——复兴、繁荣罗马共和国。

激烈交战

双方在陆地和海上都进行了激烈的交战,虽然最后安东尼打退了恺撒进攻的队伍,可他们也伤亡惨重,被迫退回到了自己的营地。

艾辛诺尔堡遭逢巨变

很多人都声称曾见过死去不久的老国王的鬼魂,据说那鬼魂的衣着打扮、举止神态都和老国王生前一模一样,只是似乎多了几分哀怨与愤怒,他总是在半夜出现,四处游荡,然后在雄鸡啼鸣时消散。

探查真相

这天晚上,月黑风高,寒气逼人,树叶沙沙作响,呼啸的风声好似人哀怨的呻吟声。哈姆雷特怀着忐忑而又激动的心情与赫瑞修等人登上了值夜班的城墙,寒冷的空气不时袭来,似乎要刺透人骨。

阴谋离间

公元前 49 年,罗马共和国"前三人执政"之一的恺撒,打败另一位执政者庞培,此时的恺撒实际上已经独揽罗马大权。

扭转局势
勃鲁托斯和凯歇斯像疯子一样逃出了罗马的城门。

危机四伏的贵族

当弗莱维斯把府内入不敷出、欠债累累的情况告诉泰门,这位大善人吃惊地问道:"为什么你不早一点把我的家用收支的情形明白告诉我,好让我在没有欠债以前,把费用节省节省呢?"

走投无路的贵族

讨债的人都离开后,泰门说道:"他们简直不容我有一点儿喘息的工夫,这些奴才们!什么债主,简直是魔鬼!"

考狄利娅离开了不列颠

李尔没有想到法兰西国王会真的要娶考狄利娅,他不屑地说:"既然您喜欢她那就把她带走吧,我没有这样的女儿,以后也不想再看见她,你们得不到我任何的祝福和恩惠。"

李尔即将被逼疯

李尔带着侍卫在里根家的门外等了很长时间之后,还是没有人出来迎接自己,便决定自己进去找二女儿和女婿,可门口的仆人却不让他进去。

罗密欧和朱丽叶互生爱意

罗密欧在黑暗中看到朱丽叶的身影,仿佛见到了刚刚升起的太阳。夜幕下的朱丽叶,在罗密欧看来是那么的美丽。

罗密欧和朱丽叶彼此思念着

朱丽叶终于愿意相信罗密欧是爱自己了,两个人在月光下互说着缠绵的情话。

本书内容简介

　　莎士比亚是世人皆知的文学大师，他的作品富含人生哲理，思想深邃，是世界文学宝库中的瑰宝。

　　莎士比亚悲剧是莎士比亚戏剧的重要部分，主要有轻信导致的爱情悲剧《奥赛罗》、揭露权势与野心的悲剧《李尔王》、复仇的悲剧《哈姆雷特》、阴谋篡位导致的悲剧《麦克白》，以及《罗密欧与朱丽叶》《安东尼与克莉奥佩特拉》等一系列作品。这些悲剧通过错综复杂的故事情节，将一系列事件交织在一起，最终展示了人与命运的抗争，揭露了人性的复杂。

　　本书选取了莎士比亚的几部经典悲剧作品，从青少年喜爱的角度出发，重新以故事的形式编写，以便读者阅读。

目录

奥赛罗 1

安东尼与克莉奥佩特拉 31

哈姆雷特 61

裘力斯·恺撒 97

雅典的泰门 125

李尔王 153

罗密欧与朱丽叶 179

麦克白 207

奥赛罗

一

幸福刚刚起步

奥赛罗来到威尼斯城以后,参加了这里的部队。在一次对抗土耳其军队的战争中,他不畏强敌,勇敢地和敌人在战场上厮杀,在那场战争中立了大功,被提升为威尼斯军队的将军。虽然他不是本地人,肤色也和那里的人不一样,但是由于他高尚的品格以及显赫的军功,深受当地人们的爱戴。当然也有一些人对奥赛罗存在着种族的歧视,威尼斯城的老臣勃拉班修就是其中之一。

勃拉班修是威尼斯城内有名的有钱人,还是朝中的重臣,在他的思想里,门第的高低以及血统的纯正是评价一个人的主要因素,他对那些不是欧洲本土的人多多少少都存在着一些歧视。勃拉班修有一位年轻貌美的女儿名叫苔丝狄梦娜,她不仅长得非常漂亮,而且性格也很温和,是一位品德高尚的好姑娘。认识她的人,都说她的心灵比她的容貌还要美很多。她从来没有在等级观念和血统的问题上去看轻任何人,在她看来所有人没有任何的差别,都是平等的。随着时间的流逝,苔丝狄梦娜也到了该结婚的年龄,城里有许多名门望族家的年轻人都向她求过婚,苔丝狄梦娜一一拒绝了他们。因为年轻貌美的苔丝狄梦娜心中早已有了倾心的对象,就是经常来自己家找勃拉班修的黑人奥赛罗。

奥赛罗是一个传奇人物,在他的生活当中,经历了许许多多的惊险场面,但每一次他都能凭借着自己的聪明和勇敢来渡过难关。奥赛罗经常去勃拉班修家找他聊天,时间长了便认识了貌美的苔丝狄梦娜。奥赛罗经常给苔丝狄梦娜讲自己所经历的那些冒险的故事,苔丝狄梦娜非常喜欢听,每次奥赛罗讲起他曾经受过的困难和痛苦时,苔丝狄梦娜都会替他感到伤心,不禁流下了眼泪。

时间久了,苔丝狄梦娜便爱上了勇于冒险的奥赛罗,并打算和他结婚。可勃拉班修一直都有着种族歧视的观念,他希望自己的女儿能够嫁给一位血统纯正的白人,如果这位白人出身显赫的话那就更好了。苔丝狄梦娜知道父亲是不会同意自己嫁给奥赛罗的,可她又深爱着奥赛罗,最后没有办法,两个人决定偷偷结婚。

威尼斯城里有一位贵族公子名叫罗德利哥,是一个心胸狭窄、自私自利的小人,他也是苔丝狄梦娜众多的追求者之一。当他听说自己心爱的苔丝狄梦娜已经和奥赛罗结了婚,不免心有不甘,他觉得无论是相貌还是家世自己都要比奥赛罗强,他越想越生气,越想越憎恨奥赛罗。当他听说两个人是背着勃拉班修偷偷结的婚时,便想破坏两个人的婚姻。罗德利哥把奥赛罗和苔丝狄梦娜结婚的消息告诉了勃拉班修,他觉得只要勃拉班修知道这个消息,一定会憎恨奥赛罗甚至会控告他,到时候自己就有机会赢得苔丝狄梦娜的爱了。勃拉班修听

说自己的女儿竟然和奥赛罗偷偷地结了婚,顿时气得两眼发黑,可他虽然很生气,但头脑却还是清醒的,他觉得自己的女儿是不会主动爱上奥赛罗的,一定是奥赛罗在女儿身上施了妖法才会让苔丝狄梦娜爱上他的。

想到这里,勃拉班修怒气冲冲地跑到奥赛罗的家,拉着奥赛罗要去威尼斯法庭上打官司,他要控告这个拐骗他女儿的黑人。当时的威尼斯法律规定,白人贵族如果要控告黑人的话,就算没有任何的理由,法律也不会追究白人的责任,更不会定他诬告之罪。可当勃拉班修带着奥赛罗来到法庭的时候,公爵正和大臣们商议一个紧急的军情:前方士兵来报,土耳其的军队正带着一百艘军舰向威尼斯的塞浦路斯岛进发,战争一触即发。公爵接到消息后连忙增派部队到前线支援,可却找不到一个合适的将领来指挥这些士兵作战。经过大臣们的商议,大家都觉得奥赛罗是最适合的人选。

正当公爵想叫人去把奥赛罗找来时,就见勃拉班修拉着奥赛罗大吵大闹地走了进来。勃拉班修告诉公爵,奥赛罗用妖术迷惑了自己女儿的心智,使得苔丝狄梦娜心甘情愿地嫁给了他。公爵感到非常疑惑,便问奥赛罗到底施了什么妖术。奥赛罗根本就不会什么妖术,但既然公爵问起了,他便觉得是自己曾经给苔丝狄梦娜所讲述的那些不平凡的经历,才使得她爱上了自己。如果非要说施了妖法的话,那只有这些惊险的故事了。

奥赛罗便把和苔丝狄梦娜相识相恋的经过告诉了公爵,公爵听后不但觉得这其中并未出现任何的妖术,而且还认为他们的爱情是值得称颂的。公爵告诉勃拉班修,如果自己的女儿也听了这么多惊险的故事,一定也会着迷的。他劝慰勃拉班修说:"既然他们两个已经结了婚,你也不要再继续烦恼下去了。"

听见公爵也同意了他们两个人的结合,勃拉班修也不好再多加阻拦,但他还是觉得很不甘心,勉勉强强地说:"公爵,我觉得这件事还是需要问下我女儿苔丝狄梦娜的意见,如果她承认原本就爱上了奥赛罗,那么我就不把责任怪罪在奥赛罗身上了。"公爵叫人把苔丝狄梦娜请了过来,问她奥赛罗所说的话是否属实。苔丝狄梦娜在公爵以及自己父亲面前亲口证实了,奥赛罗所说的都是事实。

之后,她又对自己的父亲说:"我敬爱的父亲,我深深地感激您对我的养育之情,您是我的至亲,我的长辈。但这个男人也是我的丈夫,就像我的母亲对您一样,她一直把您看得比她父亲还重要,正因为如此,我也应该向奥赛罗尽一个妻子该做的事。"勃拉班修听了女儿的话后,沉思了一会儿,最后无奈地叹了口气,对公爵说:"现在我已经没什么话好说了,我愿意撤销对奥赛罗的指控,您继续处理国家的事务吧。唉,我宁愿选择一个养子,也不想再生儿育女了。"说着他又转头看向奥赛罗,对他摆了摆手说:"年轻人过来吧,现在我真心诚意地把女儿交给你。如果不是你早得到了她,我一定不会把她交给你的。我很庆幸自己没有其他的女儿了,要是再有一个这样的女儿,我一定会被气疯的。"

虽然勃拉班修已经默许了他们的婚事,但他还是觉得有些不甘心,这一点被公爵看在眼里,公爵安慰了他几句,告诉他这样做可以帮助一对相爱的人,也能使他们得到父亲的欢心。公爵的话语让勃拉班修的内心渐渐平静了下来。

二

伊阿古的阴谋

接着公爵便和奥赛罗商议起了战争的事情,他对奥赛罗说:"土耳其的军队正向我们的国土挺进,对于塞浦路斯岛我想你应该是最熟悉的。刚刚我和众位大臣商议过了,决定由你带兵去打退土耳其的军队。我们都知道你刚结婚不久,也不想让你这么快就离开家,但是战争局势紧迫,也就只能辛苦你了。"奥赛罗是一个久经沙场的将军,当国家有难的时候,就算公爵没有派他去打仗,他也会主动请求去的,所以对于公爵所说的话他毫不犹豫就答应了。

但是他有些放心不下苔丝狄梦娜,便对公爵提出了一个请求,希望在他去作战以后,可以给苔丝狄梦娜提供一切生活上的需要。公爵原本想让苔丝狄梦

娜住到她父亲家里，但是勃拉班修却不愿收留女儿，奥赛罗和苔丝狄梦娜也不同意，因为他们知道勃拉班修还没有完全原谅他们。于是苔丝狄梦娜向公爵提出了一个请求，希望自己可以跟随奥赛罗一同去作战打仗。

公爵答应了她的请求，然后便催促奥赛罗尽快带领军队赶往前线。

奥赛罗带着军队走后，威尼斯城内的人们每天都盼望着他能早日凯旋而归，希望自己的国家可以打赢这场战役。奥赛罗也真的没有让人们失望，来到战场之后，奥赛罗凭借他多年的作战经验，领导自己的军队和敌军进行激烈的战斗，由于他领导有方，军队很快便把敌人打走了，取得了这次战争的胜利。奥赛罗带着苔丝狄梦娜以及自己的军队凯旋地回到了威尼斯城里，城里的人们听说他打了胜仗，都高兴地出门迎接他们，并为他们举办了盛大的宴会。

在宴会上，每一个人都真心地为奥赛罗感到高兴，纷纷和他举杯同饮，但有一个人却一直都高兴不起来，他就是奥赛罗手下的旗官伊阿古，伊阿古是一个性格很卑劣的人，经常在背地里陷害他人。由于奥赛罗提升了比他年轻的凯西奥做了副将，而他自己一直都只是个旗官，从此伊阿古便一直怀恨在心，总想找机会害死奥赛罗。他认为要想害死奥赛罗，首先要先害死他的副将凯西奥。这些想法伊阿古从未表现出来，在面对奥赛罗和凯西奥的时候，总是假装很关心他们，表现出一副忠诚的样子。

为了实现自己的计划，伊阿古决定找个帮凶，他第一个想到的便是罗德利哥，因为他知道，罗德利哥因为苔丝狄梦娜选择了奥赛罗而没有选择自己，一直对奥赛罗怀恨在心。他们两个都有一个共同的敌人就是奥赛罗，所以伊阿古坚信罗德利哥一定会帮自己的。

想到这儿，伊阿古便去找罗德利哥，并把自己的想法告诉了他。罗德利哥听到伊阿古希望自己帮助他害死奥赛罗,他觉得很疑惑,便问伊阿古:"奥赛罗不是你的将军吗,他对你一直都很好,为什么你要这么恨他呢,还要想尽办法害死他?"伊阿古对罗德利哥说:"你是有所不知,我曾经找了三个说客去和奥赛罗交谈,他们都在他面前举荐我,希望奥赛罗能提拔我,可那个黑人却一意孤行地提拔了年纪比我小的凯西奥。不是我小看那个凯西奥,可他真的是不如我,无论是从作战经验还是与士兵相处方面来看,他都比不上我。可恶的奥赛罗提拔一个乳臭未干的小子就算了,居然不给我升官,一直都只让我当个旗官,我真是不甘心啊。"他越说越来气,脸都铁青了。

　　罗德利哥对伊阿古所说的话感到非常的疑惑,便问道:"既然你如此的恨奥赛罗,又为什么还要继续跟随他呢?如果他这样对待我的话,我早就离开他了。"伊阿古有些得意地对罗德利哥说:"兄弟,你有所不知,我之所以会一直跟随他,只是想要利用他来达到我自己的目的罢了。世界上的人是多种多样的,有些人天生喜欢忠于职守,喜欢效忠他们的主人,这种人啊,活得就像是一头驴,注定一辈子都要为主人吃苦;而有一些人虽然外表假装出一副忠诚的样子,内心却是一切都为自己打算,在别人看来好像是替主人办事,实际上则是靠着主人来发展自己的势力,这样的人我是很欣赏的,我觉得自己会比这一种人更加的聪明。"

　　说到这里,罗德利哥已经完全明白了伊阿古的用意,他略微思考了一会儿后,便答应伊阿古和他一起陷害奥赛罗。罗德利哥这么做并不是为了帮助伊阿古,而是因为奥赛罗抢走了他最心爱的女人苔丝狄梦娜,他对此事一直耿耿于怀。现在伊阿古来劝说自己一起对付奥赛罗,还说事成之后一定会想尽办法帮助自己得到苔丝狄梦娜。罗德利哥一直都没有对苔丝狄梦娜死心,现在又加上伊阿古这么一说,他便决定一切都听伊阿古的。

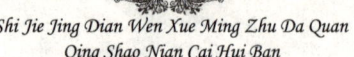

庆祝战争胜利的晚宴并不仅仅只有一天，在接下来的几天里，奥赛罗带着苔丝狄梦娜还有自己的爱将凯西奥，每天都和来向自己祝贺的人们举杯畅饮，在饮酒的同时，奥赛罗还一直关心着安全问题，为了防止敌人偷袭，奥赛罗一直都是小心翼翼的。他不停地嘱咐凯西奥说："战争的胜利使得人们沉浸在喜悦和幸福之中，但我们还是要提高警惕，不要因为过分的高兴而忽视了安全问题，我们要随时留意附近的动静，以免造成不必要的损失。"凯西奥拍拍自己的胸脯，自信地说："放心吧将军，这件事我已经交给伊阿古去做了，为了以防万一，我现在亲自去查看一下。"说着，他便离开了晚宴向外走去。

凯西奥一直都把伊阿古当作最忠诚的下属，非常的信任他，才会派伊阿古去处理关于防守的安全问题。凯西奥离开晚宴之后便来到军营察看情况，碰巧遇到了伊阿古和罗德利哥。伊阿古觉得自己的机会来了，他上前拉住了凯西奥的手，笑呵呵地对他说："副将，请您放心，我已经把军队所有的安全措施都部署好了，您就不要再担心了。这场战争之所以能够胜利，都是我们的奥赛罗将军的功劳啊，我们应该为他和他的夫人干上几杯酒。"说着，他便拉着凯西奥到自己的军营里喝起酒来。

伊阿古和罗德利哥轮流向凯西奥敬酒，凯西奥觉得自己不应该喝太多的酒，怕耽误了正事。可伊阿古却装出一副很热情的样子，在一旁一直对凯西奥说自己对他的敬佩和仰慕之情，不断地劝凯西奥喝酒。在伊阿古的哄骗下，凯西奥喝了十几杯酒。原本他是很少喝酒的，也没有多少酒量，这些酒下肚以后，凯西奥整个人就开始迷糊了起来，说话也有些口齿不清了。

三

凯西奥被陷害

伊阿古觉得差不多了，便让罗德利哥向凯西奥挑衅。罗德利哥假装喝醉，开始嘲笑和辱骂凯西奥，凯西奥平时是个沉着冷静的人，但是现在的他已经喝醉了，听见有人当众辱骂自己，火气忍不住就上来了，和罗德利哥吵了几句。罗德利哥趁机拔出自己腰间的剑要和凯西奥决斗，凯西奥也不示弱，拔出剑和他对打了起来，当时在场的有一位好心的军官叫蒙太诺，他见两个人打了起来，连忙上前阻止，想要把两人分开。

可喝醉了酒的凯西奥哪里肯听，在扭打的过程中，不小心把蒙太诺打成了重伤。伊阿古见凯西奥已经失去了理智，觉得时机差不多了，便派人去向奥赛

世界经典文学名著大全
· 青少年彩绘版 ·

罗禀告，说军营这边出事了，有人酗酒闹事。对于一个军人来说，最忌讳的就是喝酒打架，作为副将的凯西奥更不应该犯这样的错误，当奥赛罗听到士兵禀告之后，便马上赶到军营来。

他一到军营，就看到凯西奥醉醺醺地站在那里，手里还拿着剑，蒙太诺由于受了重伤躺在地上呻吟着。看到这样的情景奥赛罗气坏了，他质问凯西奥："你究竟做了什么事，难道你忘记了自己的身份了吗？"当凯西奥见到奥赛罗来了的时候，酒就已经醒得差不多了，当他想到自己做过什么之后非常的懊恼和后悔，但他并没有说什么，只是说："我只能说请您原谅我，其他的我没什么可说的了。"奥赛罗见凯西奥不肯说什么，便又问蒙太诺到底发生了什么事。

蒙太诺的伤势比较严重，他声音微弱地对奥赛罗说："将军，请您原谅我没有办法回答您的问题，因为我伤得实在是很严重，您可以问问伊阿古，他会把所知道的一切告诉您的。"奥赛罗又转过头来质问伊阿古，伊阿古一开始假装不愿意说出事情，就好像有意要偏袒凯西奥的样子，他对奥赛罗说："我宁愿割下自己的舌头，也不愿意说凯西奥副将的坏话。"听他这么一说，所有的人都以为他是在偏袒凯西奥，最后在奥赛罗的逼问下，伊阿古才假装很不情愿地说出事情的经过。

他对众人说所的话表面上好像是在替凯西奥说好话，但实际上每一句都是在说凯西奥的错。伊阿古的这番话让所有人都以为他是一个讲义气的人，同时也让所有人都认为凯西奥是一个有罪的人。奥赛罗拍了拍伊阿古的肩膀说："我知道你一直都很忠心也很讲义气，你故意把事情的经过说得简单了些，是想替凯西奥减轻他的过错。但是军队有军队的规矩，做错了事就是要受到惩罚的。"说着他又看向站在一旁的凯西奥，声音冷漠地说："凯西奥，一直以来，我都把你当作是我的好朋友，但你今天所做的事实在是太让我失望了，从今以后，你不再

是我的副将了。"说完他便带着侍从愤怒地离开了。

伊阿古知道他阴谋的第一步已经得逞了,现在奥赛罗已经不再器重凯西奥,而开始相信自己,他决定利用一切可以利用的机会去实现他的整个阴谋。为了能让罗德利哥诚心地帮助自己,他决定先从苔丝狄梦娜这边开始实施他的下一步计划。伊阿古知道奥赛罗十分疼爱苔丝狄梦娜,他觉得如果让奥赛罗误会苔丝狄梦娜和凯西奥有私情的话,一定会惹怒奥赛罗,到时候奥赛罗一定会为了自己的尊严和凯西奥决斗的,到时候无论他们两个中间谁死了,都是对他有利的。想到这儿,他便决定再去找凯西奥。

自从凯西奥被革去副将一职之后,便一直无精打采地待在家里,他知道自己做了错事,可他又想不起来自己到底做错了什么,只能整天活在后悔和惭愧之中。凯西奥并不知道自己之所以会有今天都是伊阿古害的,一直以来他都把伊阿古当作好朋友来看待。所以当伊阿古来找他的时候,他还十分热情地招待了他。

伊阿古装出一副很同情凯西奥的样子,并安慰他说:"好了,我亲爱的兄弟,事情已经过去了,不要再想了。既然事情已经发生了,就让我们接受现实吧。现在你要考虑的是,怎样去弥补自己所做的错事。"凯西奥无奈地对伊阿古说:"还能有什么补救的办法呢,如果我请求将军让我恢复原职的话,他会说我是个酒鬼。就算我有很多张嘴,都会被将军的这一句话给封住的。"伊阿古假装沉思了一会儿,然后突然对凯西奥说:"我想到一个能让你官复原职的办法。"

凯西奥连忙问是什么办法,伊阿古假装很神秘地对凯西奥说:"其实啊,我们将军的夫人才是我们真正的将军。我之所以会这样说,是因为将军的心里只疼爱夫人一个,夫人说的话,将军是一定会听的。只要你到夫人面前去多说点好话,告诉她你已经知道自己错了,她是一定会帮你的。我们的夫人性格温顺,又懂得体贴人关心人,只要她肯开口为你说话,将军一定会让你官复原职的。我敢拿我所有的财产作为赌注,打赌如果让夫人来替你缝合你和将军之间的裂痕,你们的交情一定会比以前还要深的。"

凯西奥并不知道这是伊阿古的阴谋,反倒觉得他说的非常有道理,并夸赞他出的主意非常好,说自己明天就去求苔丝狄梦娜,让她为自己向奥赛罗求情。

到了第二天,凯西奥果然按照伊阿古所说的那样去找苔丝狄梦娜,向她说明了来意,希望将军能再给他一次机会。苔丝狄梦娜知道凯西奥是一个忠厚老实的人,这次的酒后闹事只不过是一个偶然罢了,再加上她本身就很仁慈,便答应凯西奥自己会劝说奥赛罗,让他恢复凯西奥的职位。凯西奥怕苔丝狄梦娜只是随口敷衍自己,便对她说:"我知道我这么说是不对的,但我还是请求夫人可以尽快地向将军提及这件事,我怕日子拖久了有人会取代我的位子,到时候将军可能会把我的忠诚和劳苦一同忘记了。"

苔丝狄梦娜听出了凯西奥话里的担心,便安慰他说:"请你放心,我保证一定会让你恢复原职的。既然我答应要帮助你,我就一定会帮到底的。如果奥赛罗不答应我的请求,我就天天在他耳边提及,吃饭的时候提睡觉的时候也提,反正无论他做什么,我都会找机会来为你求情。好了凯西奥,不要再愁眉苦脸的了,好好地回去休息,等待我的好消息吧。"

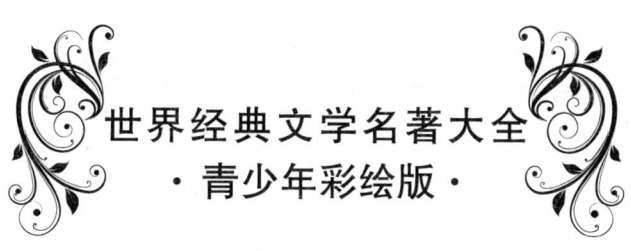

四

苔丝狄梦娜受到牵连

在得到苔丝狄梦娜的保证之后,凯西奥才安心地离开。凯西奥离开的身影,碰巧被刚回来的奥赛罗和伊阿古看到,伊阿古假装皱眉地说了一句:"怎么可以这个样子,太不像话了。"奥赛罗没有明白他说的是什么意思,便问他怎么了,伊阿古连忙假装说没什么。奥赛罗看着凯西奥的背影问伊阿古:"刚刚和我妻子交谈的那个人好像是凯西奥,他来这里做什么?"听到奥赛罗的询问后,伊阿古假装很吃惊地说:"那个人是凯西奥吗?怎么可能,一定不会是他。如果是凯西奥,一定不会在见到您之后,就好像做了亏心事一样的偷偷溜走。"奥赛罗看了看伊阿古,又看了看凯西奥远去的背影,想了想然后肯定地说:"我可以确信那个人就是凯西奥。"

伊阿古再一次假装皱了皱眉,然后假装无奈地自言自语:"唉,怎么可以这样做呢,这太不成体统了,简直太让人痛心了。"奥赛罗听了他的话感到非常的疑惑,便问他所说的让人心痛是什么意思。伊阿古见奥赛罗问起,连忙装出一副惊慌和后悔不该说出这话的样子,便在那里支支吾吾地不肯说什么。奥赛罗是一个心直口快的人,也希望自己的下属能有什么说什么,他见伊阿古一副吞吞吐吐的样子,有些生气地对他说:"现在我命令你把话说清楚,不可以再表现出一副不肯说的样子。"

伊阿古并没有直接回答奥赛罗的问话,反而假装很神秘地反问奥赛罗:"将军和夫人相恋的时候,凯西奥不认识夫人吧?"伊阿古的这个反问让奥赛罗觉得很奇怪,但在奇怪之余仿佛又明白了些什么,便对伊阿古说:"他们是认识的,不仅认识,凯西奥可以说还是我和苔丝狄梦娜的介绍人呢。"说着他便把之前的事告诉了伊阿古:凯西奥是正宗的白种人,年轻英俊潇洒,这一点非常讨女孩子喜欢;但他也是一个忠厚老实的人,做起事来本本分分,从不做出格之事。他和苔丝狄梦娜很早以前便认识,当奥赛罗和苔丝狄梦娜谈恋爱的时候,他还从中帮了他们不少的忙。奥赛罗是一个不善于对女孩子表露自己心迹的人,曾经让凯西奥代自己向苔丝狄梦娜求婚,实际上凯西奥促成了他们两人的姻缘。在奥赛罗和苔丝狄梦娜结婚以后,凯西奥经常去他们家做客,苔丝狄梦娜还像以前一样,和他有说有笑。

说完这一切之后,奥赛罗问伊阿古:"这些和你要说的话有关系吗?"伊阿古假装很认真地听完奥赛罗的话,然后装出一副恍然大悟的样子,但又马上装出一副有意掩饰什么的样子,他连忙摇头对奥赛罗说:"没有什么,只是随便问问,将军不要多想。"

伊阿古这些吞吞吐吐的话,增加了奥赛罗的怀疑,他总觉得伊阿古有话要对自己说,他又把刚刚碰到的人和事联系了一下,他看到凯西奥好像在和苔丝狄梦娜谈论着什么,然后凯西奥好像看到了自己,之后就溜走了,也没有和自己打招呼。想到这儿,奥赛罗似乎明白了什么,他觉得伊阿古的话一定是别有含义的。他对伊阿古说:"伊阿古,一直以来我都很看重你相信你,你从来不会说一句没有经过思考的话,今天你之所以会吞吞吐吐一定是有原因的。请你把你心里所想的一切都告诉我,就算事情很糟糕,你也不要瞒着我。"

奥赛罗越是想知道伊阿古心里所想的事,伊阿古越是装出一副不肯说的样子,他告诉奥赛罗自己应尽的责任,他是不会躲避的,但是将军不能勉强他表露自己的想法,他还旁敲侧击地对奥赛罗说:"将军你要知道,任何一座庄严神圣的宫殿,也会在某一天被贼人所闯入的。人也是如此,任何一个心地纯洁的人,也会有一丝邪念存在的。唉,其实我有一个坏习惯,就是生性多疑,常常会无中生有,这样的习惯容易错怪别人。所以请将军您不要把我这种没有任何依据的想法放在心上,更不要因为此事而自寻烦恼。如果您真的知道了我心中所想,一定会破坏了您的安宁,这会影响您的生活的。"

伊阿古的这招欲擒故纵着实把奥赛罗弄得心神不宁了,奥赛罗迫切地想知道事情的真相,伊阿古却装出一副关心人的样子来劝他不要多心。伊阿古知道自己越是这样解释,越能加深奥赛罗的怀疑,他已经感觉到了在奥赛罗体内已经燃起了愤怒之火。伊阿古又装出一副很好心的样子,提醒奥赛罗说:"将军啊,你一定要留心嫉妒这个词啊,可以说它是一个绿眼睛的妖怪,谁做了它的牺牲品,谁就会一辈子被玩弄在骨掌之间。假如有一对夫妻,丈夫不爱自己的妻子,他的妻子骗了他,这也不是什么大事;但是,如果丈夫非常的疼爱他的妻子,而他的妻子却骗了他,这是多么叫人痛心的事啊。"

伊阿古说了这么多,重点都在最后的假设上,表面上他是在劝慰奥赛罗不要凭空猜忌,实际上是利用这样的话语,来让奥赛罗不得不怀疑起来,进一步加深他对凯西奥和苔丝狄梦娜的怀疑。

伊阿古觉得自己的话已经成功引起了奥赛罗的怀疑后,就进一步地煽风点火,当奥赛罗燃起怒火之后,他又想办法假装要熄灭他心中的怒火,但熄灭怒火的方法不是用水而是用油。伊阿古假装好心地对奥赛罗说:"将军,像您这样不轻易怀疑别人是对的,但我对您也确实是真心的。现在我还不能给你任何可信的证据,但是,我请将军您这几天多观察下夫人,观察一下夫人对凯西奥的态度。要用冷静的眼光看待他们,千万不要一直多心。我是真的不愿意看到您无私的天性被别人欺骗。将军,我请求您这几天多留点心。说实话,威尼斯城内的所有女人和夫人的脾气,我比你熟悉多了,她们这些人背着自己的丈夫干了许多不耻的事情,但这一切却瞒不了天和地。这些没有廉耻之心的女人们觉得,只要不被自己的丈夫知道,其他的她们全都不在乎。"

奥赛罗觉得伊阿古的这番话是关心自己才这样说的,说得也很有道理,他非常的感激伊阿古,伊阿古又接着说:"将军应该还记得,当初您和夫人结婚的时候,她曾经欺骗过她最尊敬的父亲。"这句话深深地刺疼了奥赛罗心中的痛处,他想一想伊阿古说的并不是没有道理,苔丝狄梦娜连自己最敬爱的父亲都能欺骗,当然也有可能欺骗自己,想到这里,奥赛罗决定按照伊阿古所说的,先观察苔丝狄梦娜几天再说。

凯西奥走了没多久,奥赛罗便来到了苔丝狄梦娜身边,苔丝狄梦娜见自己的丈夫回来了,就马上向他替凯西奥求情,对他说凯西奥是一个非常忠厚老实的人,一直以来都是奥赛罗的得力帮手,还是他的好朋友,说他不应该因为凯西奥一次的过失就革了他的职。

五

奥赛罗中计了

她还告诉奥赛罗说凯西奥已经认识到了自己的错误,可以让他恢复以前的职位了,除了这些之外,她还说了很多关于凯西奥的好话,她之所以会这么做,全部是出于对凯西奥的同情心。奥赛罗一直都只是在听苔丝狄梦娜讲话,自己却什么都没有说。苔丝狄梦娜见自己的丈夫一言不发,又想到自己答应了凯西奥一定让他恢复职位的,不禁有些着急了,她催促着说:"我亲爱的夫君,今天你是怎么了,为什么不说话呢?你能不能在今天晚餐的时候就恢复他的职位呢?"

"不行,今天晚上是绝对不可能的。"奥赛罗连忙在一旁否决她,苔丝狄梦娜不死心地接着问:"今天不行,那么明天中午午餐的时候总可以吧?"奥赛罗

又摇了摇头说:"明天中午我不在家吃午餐,我要和其他军官们在军营中商量一些事情。"苔丝狄梦娜有些着急了,口气有些急促地说:"要不就明天晚上吧,或者星期二的中午,星期二的晚上也可以,要不你随便安排一个时间也可以,但一定不要超过三天。"

她叹了口气之后接着说:"其实凯西奥对于自己犯下的错已经感到非常的后悔了。虽然在这样的战争时期,是应该惩罚犯了错的军官的,但是在我们这些平常人来看,他的过失实在是太小了,根本不需要再去受什么个人惩罚。我亲爱的夫君,一直以来你有事求我,我从来都没有拒绝过你,也没有像你今天这样推三阻四的。还记得以前吗,那时候你不好意思向我求婚,还是凯西奥陪着你来替你说了不少好话呢,曾经我对你也有过挑剔的时候,是凯西奥一直在为你辩护说好话。现在我只不过让你恢复他的职位而已,你却表现出这样的为难,我真的是……"

"好了,不要再说下去了,随便他什么时候来吧,对于你,我的妻子,你的任何请求我都是没有办法拒绝的。"奥赛罗实在是不想再从自己的妻子口中,听到任何关于说凯西奥的好话了,便打断了她的话语。苔丝狄梦娜最后说的那几句话让奥赛罗听了之后非常不高兴,他没有想到果真让伊阿古说中了,她和凯西奥的关系果然不是很简单。

见到自己心爱的妻子一直在替另一个男人说好话,奥赛罗的内心非常的烦闷,所以近来经常去找伊阿古诉说自己内心的烦恼。伊阿古正是抓住这个机会,经常在奥赛罗耳边说苔丝狄梦娜和凯西奥的坏话。一方面他假装出于对奥赛罗的忠诚,好像有什么话必须向奥赛罗说,另一方面他又假装袒护凯西奥的样子,就好像他真的知道一些事情,但又不能说出来。这样,在奥赛罗看来,伊阿古便是世界上最讲朋友情谊的一个人。

对于奥赛罗的妻子苔丝狄梦娜,他则是看似知道她做了什么坏事,而他自己则是为了维护将军夫人的名誉和尊严,什么都不肯说。他极力装出一副左右为难的样子,心直口快的奥赛罗实在是想知道伊阿古到底想说什么,便逼他说出他所知道的和心里所想的事。伊阿古并没有在奥赛罗的逼迫下直说,而是以劝慰的口吻对他说:"将军,请您千万不要胡思乱想,在没有得到任何可信的证据之前,您还是要相信夫人对你是真心诚意的,但是你也不能太过大意。"

接着,他又挑拨离间地说:"您还记得之前我和您说的吗,咱们威尼斯城里不少妇女背着自己的丈夫干一些出格的事情,至于将军夫人,我觉得将军您只要把她的行为仔细地想一想,也会发现点眉目。您想想,当初在她没有嫁给你之前,有多少人向她求过婚,那些求婚者都是一些名门望族,都是白种人,无论从身份还是地位来看,都和您的夫人是门当户对的。但是她都一一拒绝了,反而背着自己的父亲和您偷偷地结了婚,凭这一点就可以看出将军夫人是一个非常任性的人,做什么事都是靠着自己的喜好来做。我觉得现在她只是一时的迷恋你,等到她清醒了以后,就会把你和白种人的凯西奥相比较了。我说一句话您不要生气,您不是本地人,是摩尔人,是黑人,您自己觉得您的皮肤真的能和凯西奥相比吗?"这些话深深地刺痛了奥赛罗的内心。

伊阿古又装出一副非常关心奥赛罗的样子,假装替他出主意地说:"将军,虽然凯西奥是可以恢复原职的,但是,我觉得您应该暂时把这件事放在一旁,先观察一段时间再说,也许就在这段时间内,您会发现一些其他的事情。我觉得您要多关注下夫人的言行,看看她是不是还在尽力替凯西奥说好话,就会看出很多事情来。现在,我请您不要在意我和您说的这些话,请您继续把夫人当作一个清白无辜的人去看待,暂时不要想太多。"

奥赛罗口头上答应伊阿古自己不会多想,但是他又怎么不会多想?为了这件事奥赛罗近来吃不好，也睡不好，脾气也比以前坏多了。他经常在一个人的时候胡思乱想，一会儿觉得自己疼爱的妻子对自己是真诚的，一会儿又想到了伊阿古所说的话，觉得她又不是那么真诚。当然他也不是完全相信伊阿古的，一方面他觉得伊阿古是在关心自己，另一方面他又觉得伊阿古为人不是那么的老实。奥赛罗一直在内心里祈祷，希望这件事根本就不存在过。

因为这件事，奥赛罗近来的精神状态非常不好，总是一个人坐在那里无精打采地发呆。苔丝狄梦娜见他总是这个样子，便有点担忧地问他哪里不舒服，奥赛罗并没有把自己所想的事告诉苔丝狄梦娜，就骗她说自己头疼。苔丝狄梦娜以为自己的丈夫是因为国事而操劳过度才头疼的，不禁有些担心，她担忧地对奥赛罗说："您最近实在是太忙了，可能是因为睡眠不足吧，你先躺在这儿休息一会儿，也许头痛得就没那么严重了。"说着还拿出怀中的手帕盖在了奥赛罗的脸上，奥赛罗闭上眼睛不想说话，但他又不想让苔丝狄梦娜自作主张地把手帕放在自己的脸上，不禁一直在摇头，不一会儿手帕便被摇到了地上，站在一旁准备服侍奥赛罗的侍女爱米莉亚捡起了那块手帕，放进了自己的怀中。

爱米莉亚不仅仅是苔丝狄梦娜的侍女，同时也是伊阿古的妻子，早在很久以前，伊阿古就让她替自己偷过这个手帕，但是每次爱米莉亚都没有照做，这一次正好趁这个机会把手帕拿走了。回到家以后，爱米莉亚便把手帕交给了伊阿古，并对他说："这块手帕是夫人第一次从将军那里得到的礼物，夫人非常喜爱和珍惜这块手帕，一直都把它带在身边。以前你总是叫我把这块手帕偷来，我却不知道你要做什么用。"

六

伊阿古再施毒计

伊阿古在见到手帕之后并没有多说什么,爱米莉亚并不知道自己的丈夫要这块手帕有何用意,便小心翼翼地说:"要是夫君你要这块手帕没什么用的话,我看我还是把它还回去吧。如果让夫人知道自己最珍惜的手帕不见了的话,一定会疯掉的。"听见自己的妻子说要把手帕还回去,伊阿古不禁有些生气,他恶狠狠地对爱米莉亚说:"谁准你把手帕还回去了?还有这件事不要对任何人说起,这块手帕我自有我的用处,现在没什么事了,你可以回去继续照顾将军夫人了,我还有些事情需要去处理。"说着他便带着那块手帕出门了。

世界经典文学名著大全
·青少年彩绘版·

伊阿古带着手帕来到了凯西奥所住的地方,他把手帕丢在一个凯西奥能捡到的地方。伊阿古知道奥赛罗是一个嫉妒心很强的人,如果让他看到自己送给苔丝狄梦娜的手帕在凯西奥手里的话,一定会深信自己所说的话,到时候他一定会找凯西奥算账的。这一天,伊阿古又来到了奥赛罗的身边,假装关心地说:"亲爱的将军,您就不要再去想那件事了。"原本奥赛罗心情就很不好,听了伊阿古这句话反倒让他更加的难受,他有些不耐烦地对伊阿古说:"你说凯西奥和我的妻子有着暧昧不清的关系,你总要拿出证据来啊,否则我会把自己的怒火迁怒到你身上。如果让我发现你是蓄意造谣诋毁我妻子的名声和威望,我是不会放过你的。"听了奥赛罗这番话,伊阿古连忙装出一副自己很委屈的样子,埋怨自己不应该胡乱说话,但实际上他是要更深一层地激起奥赛罗内心的怒火。他用略带自责的口吻说:"唉,伊阿古你真是一个邪恶的人,自以为自己很老实,可别人却把这种老实当作了一种罪恶。真没有想到现在说老实话、做老实人也是一件危险的事,以后我再也不要做一个老实人了。老实人就像一个傻瓜一样,明明自己是出于一片好心,结果却被别人误会成爱说闲话的人,以后我再也不敢对别人说真话了。"

过了一会儿,伊阿古又装出一副欲言又止的样子说道:"本来我是不想说什么的,但这件事却使得我的忠心被人怀疑,我就不能不说了。"接着他把事先准备好的一套谎言说了出来:"前天夜晚,我去找凯西奥喝酒,由于喝完酒之后已经太晚了,我便留在了他的家里,在睡梦中,我清晰地听到凯西奥在说着梦话,他说:'我最深爱的苔丝狄梦娜,我们做什么都要小心谨慎一点,不能让别人发现了我和你之间的爱情。命运就是爱这样的折磨人,竟然让你嫁给了那个该死的黑人。'"

这句话彻底激怒了奥赛罗,愤怒的奥赛罗大吼了一声:"我要宰了那个畜生。"伊阿古连忙拦住了愤怒的奥赛罗,并对他说:"将军不要太冲动,我们还没有亲眼看到他们有所行动。"接着他使出一个更狠毒的招数,他问奥赛罗:"将军,夫人是不是有一款做工精细的手帕?"奥赛罗强压制住内心的怒火,回答说:"她确实有一块手帕是我送的,那是我曾经给她的定情信物,这又和这件事有什么关系呢?"

伊阿古假装很吃惊地说:"真的有一块啊?我前天和凯西奥喝酒的时候,见他拿出一块手帕在那擦胡子,当时他就说这是将军夫人送的,我以为他是喝醉了酒胡说的,没想到还真是夫人的。"奥赛罗再也压制不住内心的怒火,他气得浑身发抖地说:"如果他用的真是我送给苔丝狄梦娜的那块手帕的话……"奥赛罗话只说了一半就气得再也说不下去了,过了好一会儿,他才把话说全:"凯西奥带给我的耻辱,我一定要讨回一个公道。"伊阿古觉得时机差不多了,便跪在奥赛罗的面前,发誓说自己看得清清楚楚不会有错,并表示自己愿意一辈子效忠于他。

此时的奥赛罗对伊阿古深信不疑,他两手把伊阿古搀扶了起来,说道:"为了表示接受你对我的忠心,我请你立刻履行你的诺言:要在三天之内把凯西奥杀死。现在我提升你为我的副将。至于苔丝狄梦娜那个美丽的魔鬼,我要为她想出一个更干脆的死法。"奥赛罗回到家里见到了妻子苔丝狄梦娜,握住了她的手,对她说:"你的手还像从前那样美丽,以前姑娘把手交给别人的同时,把心也一同交给了他,现在一切都变了,能得到姑娘手的人,却不一定能得到她的心。"

善良单纯的苔丝狄梦娜并没有仔细去想奥赛罗所说的话,也没有想过自己会被人陷害,她又想到了凯西奥求自己的事情,便又向奥赛罗提起这件事,奥赛罗皱了皱眉说:"这件事我们以后再谈,最近我的眼睛总是有点发痛,经常会流泪,你能把你的手帕借我用一下吗?"苔丝狄梦娜便拿出一块手帕递给他,奥赛罗在看到手帕后问苔丝狄梦娜:"这块怎么不是我当初送你的那块呢?"苔丝狄梦娜告诉他自己并没有把那块手帕带在身边。

奥赛罗见她拿不出那块手帕,更加印证了伊阿古所说的话,他又试探地问了一句:"真的没有带着吗,这块手帕可不是一般的手帕啊。这块手帕是一位埃及的女巫送给我母亲的,那个女巫非常的厉害,能够看穿人的心事。她曾经告诉过我母亲,当她好好保存那块手帕的时候,我的父亲就会爱上她,要是她把手帕送给了别人或者丢失了手帕,我的父亲就会变心,就会讨厌她。我的母亲直到去世之前都一直珍藏着这块手帕,并把它传给了我。她让我把这块手帕送给我未来的妻子,也就是你。所以你一定好好保管那块手帕,要是你不小心把它送人了或者弄丢了,那麻烦可就大了。"

这些话着实把苔丝狄梦娜吓坏了,她不知道一块小小的手帕居然还有这样一段来历,原本她一直都好好保存那块手帕的,可不知道什么时候它就不见了,她总是努力地去想丢在了哪里,却总是想不到。她不想因为弄丢了手帕就失去了丈夫对自己的爱。苔丝狄梦娜不愿意告诉奥赛罗手帕已经丢了,她想回去再仔细地找一找。

奥赛罗逼着苔丝狄梦娜现在就把手帕拿出来,可她怎么能拿得出呢,就编了个谎话说:"手帕我没有带在身边,我现在就去把它找出来给你。"为了不让奥赛罗再提手帕的事,她急忙岔开话题说:"现在我们先不要去管手帕的问题,我们还是再来说说关于凯西奥的事情吧。"说着,她又开始当着奥赛罗的面说凯西奥的好,又告诉奥赛罗不要拿手帕的事来推托恢复凯西奥官职的事。奥赛罗没有想到到了现在苔丝狄梦娜还在替凯西奥说好话,不禁怒火中烧,对苔丝狄梦娜大发雷霆,然后愤怒离去。

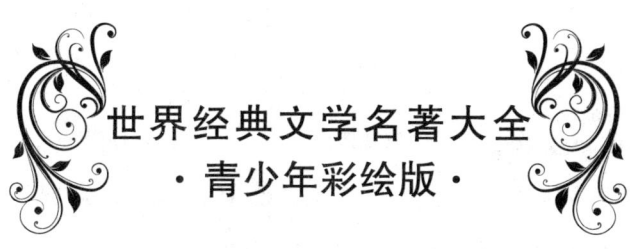

七

真相大白

苔丝狄梦娜被吓坏了,她从来没有见过奥赛罗发这么大的脾气,但她又不知道自己做错了什么惹他这么生气,她以为丈夫是为了前线打仗的事才心烦发火的,怎么也想不到他是因为嫉妒吃醋才生气的。她一点也不怪奥赛罗对自己发脾气,她觉得自己的丈夫不是什么事都能做到体贴入微的。

伊阿古为了让奥赛罗相信确有其事,又哄骗凯西奥和女友在花园中幽会,然后让奥赛罗在一旁观望和偷听。凯西奥对女友说了许多甜言蜜语,然后拿出捡到的手帕交到女友手中,对她说:"亲爱的,这款手帕是我捡到的,我觉得这个样式很特别，便留了下来，我想趁失主还没有找到之前，请你把这个样式画下来，以便于以后我做一个一模一样的手帕送给你。"

接着两个人又说了一会话，奥赛罗所在的地方，只能看到两个人在说话，却听不到他们所说的内容，只是隐隐约约听到"爱情""苔丝狄梦娜"这样的词汇，当凯西奥拿出那块手帕的时候，奥赛罗一眼便认出这是他送给苔丝狄梦娜的那块。到了现在，伊阿古对他说的所有的话都得到了证实。在此之前，虽然他很不满意苔丝狄梦娜对自己的不忠，但还是不忍心杀害她，现在所有的事情都得到了证实，奥赛罗决定杀了这个负心的女人。他嘱咐伊阿古立即去杀死凯西奥，而他自己则回到住处去杀苔丝狄梦娜。

到了晚上，奥赛罗回来的时候，苔丝狄梦娜已经睡着了。奥赛罗手里拿着宝剑走到床前，看着熟睡的妻子，曾经苔丝狄梦娜是他的理想和希望，是他的全部生命，他好想回到过去，回到她没有背叛自己的时候。奥赛罗目不转睛地看着苔丝狄梦娜，她是那样的美丽，那样的迷人，突然之间奥赛罗又不忍心杀死她，但他马上又想到伊阿古对自己说的话，以及自己所看到的情景。他觉得如果自己不把她杀死的话，她一定会去哄骗其他男人的，所以苔丝狄梦娜必须要死。

原本奥赛罗是想用剑结果她的性命的，后来他又觉得不想让她流血而死，最后决定把她勒死。在勒死苔丝狄梦娜之前，奥赛罗最后一次吻了吻她，苔丝狄梦娜被吻醒了，奥赛罗决定给她最后一次机会，他沉着脸让妻子说出自己的罪行，然后请求上帝的宽恕，苔丝狄梦娜坦然地说："我不曾犯过任何的罪，如果非要说我有罪的话，那么就是我爱上了你。"奥赛罗听她这么一说，更加的生气，他大声地说："你爱的不是我，你爱的是凯西奥，你居然把我送你的手帕送给了他。"

直到现在,苔丝狄梦娜才明白这几天奥赛罗情绪变化的原因,她告诉奥赛罗自己和凯西奥之间什么事都没有,如果他不相信的话,可以找凯西奥来当面询问。奥赛罗告诉她已经晚了,现在凯西奥可能已经死了。苔丝狄梦娜听后不禁惋惜地说了一句:"没想到他也被人陷害了,而我也将因此丢了性命。"奥赛罗见苔丝狄梦娜带死之前还在替凯西奥说话,终于抑制不住内心的怒火把她勒死了。

就在这时,侍女爱米莉亚慌慌张张地跑了进来,嘴里面喊着:"不好了,不好了,城里出大事了,罗德利哥被人杀死了。"她跑到苔丝狄梦娜的床前想要告诉她这个消息,结果却发现她死在了床上,不禁吓了一跳,她捂着嘴瞪大了眼睛看着站在一旁的奥赛罗,奥赛罗冷冷地说:"她是被我杀死的,她欺骗了我的感情,我是因为她和凯西奥有私情才杀了她的。"爱米莉亚听后非常的生气,大声责骂奥赛罗是杀人凶手,就在这时,受了伤的凯西奥也赶了过来。

原来,奥赛罗派伊阿古去杀凯西奥,伊阿古又让罗德利哥去杀凯西奥,胆小的罗德利哥一剑并没有把凯西奥刺死,而是刺伤了他。伊阿古怕罗德利哥说出他是幕后主使,便假装很气愤的样子,拿起剑杀死了了罗德利哥。爱米莉亚告诉奥赛罗这一切都是她的丈夫伊阿古的阴谋,并告诉了他手帕是自己偷拿了给伊阿古的,整件事都和凯西奥和苔丝狄梦娜没有关系。后来人们又在罗德利哥的家里发现了一封揭发伊阿古罪行的信,再一次证实了爱米莉亚所说的话。

事情真相大白以后,伊阿古转身想跑,但是被赶来的人们抓了个正着,送进了监狱等候判决。而悔恨交加的奥赛罗则一直守在已经死去了的妻子身旁,痛苦地说:"我的人生已经走到了尽头,为了尊严,为了荣誉我犯了不可饶恕的罪,亲爱的,为什么你不睁眼看看我,在杀你之前我用吻来和你告别。现在,我的生命也将在一个吻里终结。"说着他吻了吻苔丝狄梦娜,然后把剑刺进自己的胸膛,倒在了苔丝狄梦娜的身边。

原本一对相爱的恋人,却因为嫉妒和不信任落了个双双死去的下场。希望所有相恋的人都能够珍惜彼此,信任彼此,终老一生。

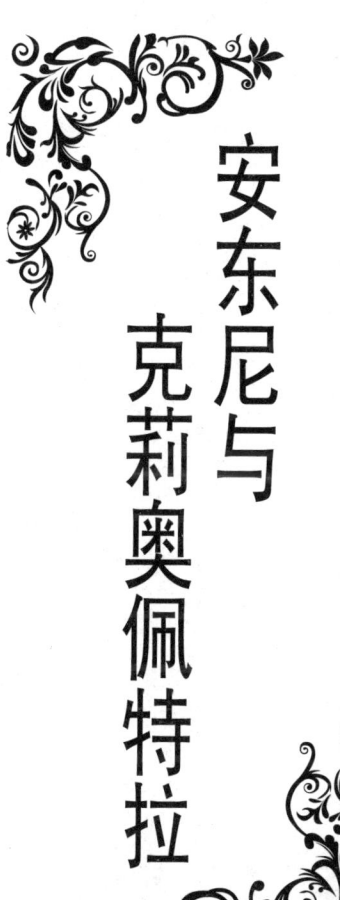

安东尼与克莉奥佩特拉

一

安东尼沉迷于美色

罗马共和国最重要的军队指挥官和管理人员,骁勇善战的主帅安东尼,每日沉湎于与情人克莉奥佩特拉的痴缠中,他在这位埃及女王的宫中纵情声色,完全忘记了自己身上肩负的重任——复兴、繁荣罗马共和国。安东尼的下属对主帅的行为感到既无奈又愤恨。

"咱们的主帅这样迷恋埃及的女王,简直太不像话了。从前他指挥大军的时候,全身散发着英勇的威光,现在却只是如醉如痴地盯着一张黄褐色的女人的脸。他已经丧失了曾经鏖战沙场的雄心,甘愿做一具风扇,扇凉一个吉卜赛女人的欲焰。"安东尼的部下之一菲罗的话,道出了所有安东尼部下的心声。

世界经典文学名著大全
·青少年彩绘版·

这天,安东尼和克莉奥佩特拉正互相说着情话,一个侍从走了进来。"禀将军,罗马有信来了。"

"真扫兴,我没时间看信,简单告诉我什么事吧。"安东尼有些许怒气,不耐烦地说道。

"还是听听什么事吧,也许是你的妻子生气啦,召你快点回去;也许那乳臭未干的恺撒有命令传达给你,让你去执行某项任务,你怎么敢违抗命令呢?难道你不怕你的妻子咒骂你,恺撒免你的职吗?"克莉奥佩特拉满含醋意,略带讥讽地说。

安东尼见克莉奥佩特拉有些许不悦,赶紧表达自己的衷心及爱意,故意表现出罗马共和国的命运与自己无关。他说道:"我只要爱你就够了,让罗马融化在台伯河的流水里,让广袤帝国的高大拱门倒塌吧!国土的命运与我无关。生命的光荣存在于一对心心相印的情侣的及时互爱和热烈拥抱之中,这儿是我永远的归宿。"安东尼说完,紧紧地拥抱克莉奥佩特拉。

女王俏皮地挖苦安东尼说:"多么巧妙的谎话呀!你如果不爱富尔维娅,为什么要跟她结婚呢?还是接见一下送信的使者吧。"

安东尼听了急忙说道:"淘气的女王!你的一言一行,都是那么可爱,每一种情绪在你的身上都充分表现出它的动人姿态。没有你,我就是一个毫无生气的人。看在爱神和她那温馨的时辰分上,让我们不要把大好的光阴浪费在口角争吵之中,我们要珍惜生命中的每一分钟,一起享乐。我不要接见什么使者,我们今晚一起出去游玩吧。"说完,安东尼置使者于不顾,陪着女王去逛街市,察看民间情况。

安东尼的行为引起部下的极度不满,他们认为安东尼的行为是在藐视他的上级恺撒大帝,他的一言一行已经不再像那个意气风发的安东尼,他失去了本身应该具有的伟大品格。他已经从一个伟大的执政者变成了一个娼妇的奴隶。他们希望安东尼能尽快恢复原来的状态。

外厅中，克莉奥佩特拉的侍从们聚在一起聊天。"可爱善良的艾勒克萨斯，你在娘娘面前竭力推荐的那个算命的呢？我很想知道我未来的丈夫是怎样的人。"侍女查米恩问道，看起来她很渴望快点见到那位据说很灵验的预言者，占卜一下自己的未来。

"预言者！"侍从艾勒克萨斯唤道。只见一个人从外面毕恭毕敬地走了进来，躬身行礼，"您有什么吩咐？"那人说道。

"先生，你能够预知未来吗？"查米恩问道。

"我曾对那高深的秘籍有所涉猎。"预言者答道。

查米恩把手伸给预言者，请他为自己看手相。正在这时，安东尼的部下爱诺巴勃斯走了进来，要求侍从们为克莉奥佩特拉多准备些祝饮的酒，并把准备好的筵席送进去。侍从们正沉浸于占卜的新奇感中，没有理会爱诺巴勃斯。爱诺巴勃斯很奇怪，便站在一旁静静地听着。

"先生，希望你能给我带来好运气。"查米恩殷切地期望着。

"我不能制造命运，只能预知吉凶善恶。"预言者说道。

"那么，我希望你替我算出一些好运气来。"

"你将来要比现在更美好，你将要爱别人甚于被别人所爱。"

"那我倒宁愿让酒来燃烧我的这颗心。不知我是否能嫁给一个出色的丈夫，比如奥克泰维斯·恺撒，成为一个和女王地位相等的人呢？"

"你将要比你的女主人活得长久，你的前半生的命运胜过后半生的命运。要是你的每一个愿望都会怀胎受孕，你可以有一百万个儿女。"

"呸，呆子，妖言惑众。"查米恩觉得预言者的话有点荒谬，叫人难以信服。

"那你替伊拉丝也算个命吧。"查米恩指着另一位面相清秀的侍女说道。

"我们都来请预言者算一命吧。"艾勒克萨斯建议道。

伊拉丝认为从一只手掌即使看不出别的什么来,至少可以看出一个贞洁的性格。她把手伸给了预言者。预言者告诉她,她的命运与查米恩差不多。伊拉丝听了,心有不甘,认为自己至少应该有一寸一分胜过查米恩的地方。

查米恩和伊拉丝要预言者接下来为艾勒克萨斯占卜。在她们看来,艾勒克萨斯是一个奸恶的坏人,他的命运应该是糟糕的。比如,做他妻子的人都不会长寿,他娶了一个又一个,且那些女人一个比一个坏,直到最坏的一个满脸笑容地送他戴着五十顶绿头巾下了坟墓。艾勒克萨斯听了查米恩和伊拉丝的诅咒,怒火中烧,反唇相讥,骂她们是恶毒的女人。

"嘘!安东尼来了。"站在一旁的爱诺巴勃斯打断了他们。

众人安静下来,查米恩仔细地听了听,说道:"不,不是他,是女王陛下。"

话音刚落,克莉奥佩特拉便走了进来,问道:"你们看见安东尼阁下了吗?他刚才难道没在这里吗?"

"没有,女王陛下,他刚才不在这儿。"侍从们回答。

"他本来高高兴兴的,忽然一下子又思念起了罗马。爱诺巴勃斯,你去找找他,把他带到这儿来。"女王说道。

"是的,女王殿下。"

正说着,艾勒克萨斯汇报说安东尼阁下来了。"我不要见他,你们跟我走。"克莉奥佩特拉改变了主意,率领众仆从赶紧躲了出去。

二

安东尼离开

原来安东尼避开女王后,悄悄接见了罗马来的使者。使者告诉他他的妻子富尔维娅已经向恺撒宣战,并且第一个走上了战场。可是那次战争并没有维持太久,在初次交锋的时候,恺撒就取得了胜利,他们被赶出了意大利。安东尼听了痛心疾首,说道:"还有什么更坏的消息,都告诉我吧。"

"这是一个很刺耳的消息,拉卡纳斯已经带着他的帕提亚军队长驱直入,越过亚洲境界。沿着幼发拉底河岸,他胜利的旌旗已经从叙利亚招展到了吕底亚和爱奥尼亚。可是……"说到这儿,使者停住了。

"可是安东尼却无所事事,你是不是想这样说。"安东尼接下他的话。

"啊,将军!"

"不要吞吞吐吐地怕什么忌讳,直接痛快地告诉我一般人是怎么批评我的,罗马人是怎样称呼克莉奥佩特拉的,富尔维娅是怎样责骂我的。无论是确有其事,还是恶意中伤,尽管大胆地斥责我的过失吧,只有这样才可以使我们反躬自省,平心静气地修整自己的德行与内心。你先退下吧。"安东尼摆摆手,显得很无奈。他又召见了另一个从息些温来的使者,使者告诉他他的妻子在息些温病死了,并递上一封信,信中详细记录了他妻子抱病的经过以及其他一些更重要的事情。

使者下去后,安东尼悔恨交加,他感叹自己没有珍惜与妻子在一起的时光,只是一味地互相嫌弃憎恶对方,妻子死后,他才感念到她生前的好处。他痛定思痛,决定离开那个迷人的女王,不能再在沉迷中放任自己,不能再让祸事在无形中滋长蔓延。他决定不顾一切地马上赶回罗马去,因为他要为妻子料理丧事,完成她未了之事,更重要的是罗马帝国和人民需要他。

克莉奥佩特拉此时正在另一间屋子里,他吩咐艾勒克萨斯暗中察看安东尼在什么地方,跟什么人在一起,在干些什么事。侍女查米恩劝她:"监视一个男人是无法博得他的好感的,应该什么事都顺从他的意思,别跟他闹别扭,不要过分玩弄他。人们对于他们所畏惧的人,日久之后,往往会心怀怨恨。""你这个傻瓜,如果我照你的话去做,我就要永远失去他了。"克莉奥佩特拉说道。

正说着,安东尼走了进来。克莉奥佩特拉看出了他的心思,决定故技重施,每次安东尼说要离开,她都会装病。还没等安东尼开口,克莉奥佩特拉就说道:"我身子不舒服,心绪很恶劣。搀我进去吧,亲爱的查米恩,我快要倒下来了,我

这身子再也支持不住,恐怕不久于人世了。"

"我的最亲爱的女王。"安东尼说着就要去扶她。

克莉奥佩特拉制止了他,点破他即将离开的事实。她大骂安东尼是个骗子,当初花言巧语地坚持留在她身边,已经不忠于富尔维娅,难道现在又想背弃她吗?她质问安东尼是否真的爱她,曾经的海誓山盟难道要随意毁弃吗?女王在安东尼面前时而生气,时而吵闹,时而撒娇。安东尼对埃及女王也是痴心一片,对女王,他感到既心疼而又无奈,他竭尽全力地安抚克莉奥佩特拉,不断表白自己的真心,他说:"我的爱人,我最可爱的女王,请听我说,为了应付时局的需要,我不得不暂时离开这里,可是我的整个心还是继续和你厮守在一起的。现在,内乱席卷整个意大利,国内两支势均力敌的军队摩擦不断。庞培厄斯已经向罗马海口进发,仗着他父亲的威名,集结了众多的支持者,已经成为了罗马的心腹大患,一旦起了什么剧烈的变化,就会造成不可收拾的混乱局面。至于我个人,你不用担心我会变心,因为富尔维娅已经死了。"

克莉奥佩特拉起初不相信富尔维娅死了,看到使者带来的信,她才相信,但仍无理取闹地调侃安东尼,她说:"富尔维娅给了我一些教训。请你转过头去为她哀哭;然后再向我告别,就说那些眼泪是属于埃及女王的。好,扮演一幕绝妙的假戏,让它瞧上去活像真心的流露吧。"

安东尼生气地打断她,说道:"倘若不是你的地位如此高贵,我就要说你是个无事嚼舌的女人。我要告辞了。"

克莉奥佩特拉见安东尼去意已决,自己的痴心也无法将他挽留,况且可以威胁自己的富尔维娅已死,便不再胡搅蛮缠,说道:"将军,原谅我吧。刚才我的行为有些失常,那是因为我太爱你了。您的荣誉在呼唤您去,所以不要听我的不足怜悯的痴心哀求,奔赴你该去的地方吧。愿神明保佑你,希望你旗开得胜,早日归来。"

"我们虽然分离了,可心并没有分离。"安东尼说完便离开了。

安东尼的离去使埃及女王忧愁难过,坐立不安。她常常问侍女查米恩:"你想他现在是在什么地方?他是站着还是坐着?他是在走还是骑在马上?他在想念我吗?"她甚至想要喝一些曼陀罗汁,然后长时间昏睡过去,来终止自己对安东尼的思念。她每天派特使去给安东尼送信,表达自己的思念和关切之情。令女王欣喜的是,安东尼也表达了对她的深情,他告诉使者:"好朋友,你去说,那忠实的罗马人把这一颗蚌壳里的珍宝献给伟大的埃及女王;请她不要嫌这礼物菲薄,因为我还要为她征服无数的王国,让他们在她富饶的王座之下臣服纳贡。你对她说,所有东方的国家,都要称她为他们的女王。"

"啊!他是忧愁的还是快乐的?"女王问道。

"就像在盛暑和严寒之间的季候一样,他既不忧愁也不快乐。"前去送信的艾勒克萨斯回答。

克莉奥佩特拉感觉很幸福,她认为安东尼不忧愁,是因为他必须把他的光辉照耀到那些仰望他的人的脸上;他不快乐,是因为他把他的眷念和欢乐一起留在了埃及,他是一个真正的男人,是她心中的英雄,而她曾经的爱人恺撒,根本不配与他相提并论。

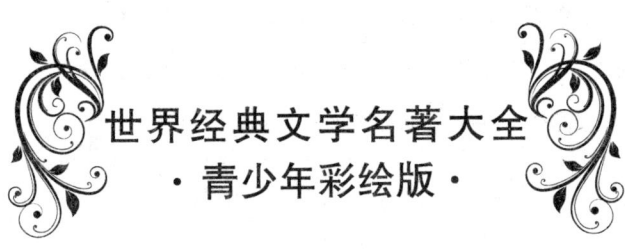

三

罗马三执政联盟

此时,在罗马帝国,恺撒正与自己的同盟者莱必多斯商量如何应付当前的混乱局面。

"你现在可以知道,莱必多斯,我不是因为气量狭隘,才这样痛恨我们这位伟大的同僚。从亚历山大里亚传来的消息,都说他每天钓钓鱼,喝喝酒,嬉游纵乐,彻夜不休,比克莉奥佩特拉更没有男人的气概,既不接见宾客使者,也不把他旧日的同僚放在心上。凡是众人所最容易犯的过失,都可以在他身上找到。"恺撒抱怨道。

"他的一二缺陷,决不能掩盖住他的全部优点;他的过失就像天空中的星点一般,因为夜间的黑暗而格外显著;它们是与生俱来的,不是有意获得的;他这是连自己也无能为力,决不是存心如此。"莱必多斯说道。

"你太宽容了。即使我们承认淫乱了埃及王室的宫闱,为了一时的欢乐而牺牲了一个王国,和一个下贱的奴才对坐饮酒,踏着蹒跚的醉步白昼招摇过市,和那些满身汗臭的小人互相殴打,这种种恶劣的行为,都算不得他的过失;即使安东尼果然有那样稀世的威仪,能够不因这些秽德而减色,我们也绝对不能宽恕他,因为他的轻举妄动,已经加重了我们肩头的负担。"恺撒仍旧坚持自己的立场。

争论间,一个使者走了进来,他带来了一个坏消息:庞培在海上的势力已经非常强大,那些因为畏惧而臣服恺撒的人,似乎都对他表示衷心的爱戴。不满意现状的,一个个都到海边投奔他,因为他们觉得是罗马亏待了他。

"我早料到这一点了,一个人未在位的时候,是为众人所钦佩的,等到他一旦在位,大家就对他失去了信仰。而受尽冷眼的失势英雄,身败名裂以后,却会受到世人的爱慕。"恺撒感慨道。

"还有一件事",使者继续说道,"茂尼克拉提斯和茂那斯两个著名的海盗,横行海上,四处剽掠,屡次侵犯意大利的海疆。沿海居民人心惶惶,年轻力壮的相继入伙,协同作乱。凡是出口的船舶,才离海岸,就被他们邀截而去。因为他们只要一提起庞培的名字,就可以所向无敌。"

接踵而至的噩耗,令恺撒更加痛恨安东尼的荒淫放荡、不思进取。他希望安东尼能赶快回到罗马来。他知道,此刻只能先靠自己和莱必多斯两人临阵应战了。于是,两人急忙分别去调集自己的军队。

庞培方面很快探听到了两个令他震惊的消息：一是恺撒和莱必多斯已经带着一支很强大的军队上了战场；二是安东尼早已离开埃及，就快要到罗马了。他有些慌了，但是想到恺撒他们三人之间积怨已深，未必能尽弃前嫌，同心同德，他又有些许安慰，决定不再有所顾虑，一切交给神明来决定。

就在战斗即将打响之际，安东尼终于到达了罗马。罗马的三个执政者——安东尼、恺撒、莱必多斯，终于聚到了一起。在讨论时，安东尼和恺撒起了激烈的争执。恺撒指责安东尼的妻子和兄弟向他宣战，而且用的都是安东尼的名义。自己派去送信的使者居然被安东尼辱骂着赶了出去。安东尼则解释说他兄弟的行动，从来没有告诉过自己，责任不应该由自己来承担。至于他的妻子，她过于强悍，他没有能力驾驭她。之所以把那个送信的人赶出去是因为那人不懂礼节。

莱必多斯见他俩争执不休，便从中调解，提醒他们现在应该摒弃前嫌，同心合力对付共同的敌人。恺撒手下的一员大将建议，把恺撒的妹妹、贤名久播的奥克泰维娅嫁给安东尼，这种婚姻关系，可以把他们的心连接在一起，扫除一切猜忌疑虑。安东尼和恺撒都对这个意见表示赞同。于是，他们一起去拜见恺撒的妹妹奥克泰维娅。奥克泰维娅对安东尼很有好感，两人一见面，就互诉衷情。

离开奥克泰维娅，安东尼遇见了一个预言者。他问预言者，将来是恺撒的命运强，还是自己的命运强。预言者告诉他，是恺撒的命运强，并劝他尽快离开恺撒的身边，否则将一生暗淡无光。预言者的话，正中了安东尼的心事。他心想："这家伙也许果然能够知道未来，我还是到埃及去吧。虽然为了息事宁人而缔结了这门婚事，可是我的快乐是在东方。"尽管如此，出于政治的需要，安东尼还是决定先娶了奥克泰维娅。

安东尼与奥克泰维娅的婚礼是在恺撒的府邸中举行的。婚礼完成后，安东

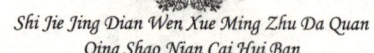

尼决定带奥克泰维娅回到雅典的府邸。恺撒非常疼爱自己的妹妹,临行前他对安东尼说:"带走我的妹妹,就意味着你已经把大半个我带走。请你为了我的缘故好好看待她。"嘱咐完,他又对自己的妹妹说:"奥克泰维娅,我的妹妹,愿你尽力做一个好妻子,不要辜负了我的期望。"安东尼痛快地答应了。奥克泰维娅嘱咐哥哥留心照料自己丈夫的屋子,并对哥哥说了悄悄话,答应会经常与他联系。兄妹俩挥泪告别。

此时,在埃及,女王克莉奥佩特拉感到极度的空虚,音乐、游戏、聊天都无法排解他思念安东尼的心。这天,派出去的使者向他汇报了几条消息。一是安东尼一切平安;二是他跟恺撒的感情很好。听到这两条消息,女王高兴地要赏赐使者。可是,使者带来的第三条消息却几乎令女王昏倒,他说安东尼已经和恺撒的妹妹奥克泰维娅结婚了。女王听了如此噩耗,激动异常,她发了疯一样地咒骂使者,不相信自己所听到的一切,甚至要拔剑杀死使者,幸亏被众人拦住。侍女将深受打击的女王扶到寝室休息。

休息过后,克莉奥佩特拉从疯狂的状态中清醒过来,他再次召见了那个为她带来不幸消息的使者。使者战战兢兢地走了进来,为了保住自己的性命,他故意声称,与安东尼结婚的奥克泰维娅,是一个个子矮矮、说话不伶俐、走路没有仪态、面孔滚圆的丑女人,是一个没有生命的形体、一个不会呼吸的雕像,而且她还是个寡妇。克莉奥佩特拉听了很高兴,为自己上次的失态表示歉意,并赏赐了使者。她认为自己还有机会挽回安东尼的心。

四

罗马三执政决裂

为了尽可能和平解决此次争端,战争开始前,双方在密西嫩附近进行了一次谈判。

"我们已经把我们的目的预先用书面通知你了,你要是已经考虑好了,请把你的决定告诉我们。"恺撒说道。

"我现在起兵于水上,只有一个目的,那就是凭借强大的军力痛惩无情的罗马,报复它对我尊贵的父亲负心的罪辜。"庞培悲愤地说道。

安东尼听了,很不服气,说道:"庞培,你不要想用船只的强盛吓退我们,就

世界经典文学名著大全
·青少年彩绘版·

是到海上见面,我们也决不怕你。而且,在陆地上我们的力量是远远胜过你的。"

"其他的话多说无益,请告诉我们,你对于我们向你提出的条件觉得怎样?"莱必多斯直入主题。

经过谈判,双方终于达成了协议,即庞培可以占有西西里和撒丁尼亚两个岛,但必须负责扫除海盗,还要把一定量小麦送到罗马。谈判结束后,庞培邀请恺撒等人到自己的船上做客。

来到庞培的大船上,众人一起饮酒、聊天,气氛很是融洽。酒至酣时,庞培的一个部下把他叫到一边,对他说:"这三个统治天下、鼎峙称雄的人物,现在都在你的船上,只要我们割断缆绳,把船开到海心,砍下他们的头颅,那么一切都是你的了,你将成为全世界的主人。"可是,庞培却没有采纳他的建议,他认为那是背信弃义的事,在他看来,荣誉是比利益更重要的东西。于是,他又回到宴席上,与大家一起尽情地饮酒、唱歌、跳舞,那场面热闹非凡,众人欢乐无比,根本看不出他们曾经是剑拔弩张的敌人。

距离那次和平会谈没多久,身在雅典的安东尼就收到一个令他震惊的消息:恺撒背弃了条约,重新向庞培宣战,而且还以莫须有的罪名杀害了莱必多斯。他很愤怒,决定要举兵讨伐恺撒。奥克泰维娅知道了这件事,觉得左右为难,主动提出要做安东尼和哥哥之间的斡旋者。于是,她整理好行装,急忙赶往哥哥恺撒的府邸。

奥克泰维娅到达恺撒府邸时,恺撒正与自己的部下细数安东尼在埃及所犯下的辱没罗马的恶行。她向恺撒说明自己此行的目的,劝说哥哥不要大动干戈。恺撒却认为安东尼不怀好心,他召集各国的君长,准备与自己大干一场,而他把自己的妹妹骗走,是为了有机会私会埃及王后克莉奥佩特拉。为了妹妹的安全

着想，他决定先把奥克泰维娅留在自己的府邸。

而安东尼此时则与埃及女王克莉奥佩特拉结成了同盟，他们决定在海上与恺撒决战。手下的将领们反对他的做法，他们说："我们在陆上拥有很强的实力，而海上实力却与对方相差甚远。我们的船只缺少得力的人手，而恺撒的舰队里却都是屡次和庞培交锋、能征善战的将士。而且他们的船只很轻便，我们的却很笨重，您要是在海上决战，就是放弃了陆地上绝对可操胜算的机会，分散了您那些善战的步兵兵力，埋没了您那赫赫有名的陆战才略，牺牲了最稳当的上策，去冒毫无把握的风险。"但是，安东尼根本听不进去，他坚持要在海上作战。克莉奥佩特拉也在一旁帮腔道："就在海上，我有六十艘船舶，恺撒的船不比我们多。"她不听将领们的劝说，坚持要陪安东尼出战。

安东尼的部下对他的错误决策议论纷纷，认为主帅是受女人的驱使而丧失了主宰能力，这样做注定是要失败的。

事实证明，将士们的担忧是对的。海上实力较弱的安东尼屡战屡败，埃及女王一见到敌人就害怕得逃跑了，而安东尼被女王迷醉得英雄气短，也跟随她调转船头逃跑了，他的部下既愤恨又无奈。许多安东尼的将领和小国的国王，都纷纷向恺撒投降。

逃回营地后，安东尼为了安抚将领们，声称："逃跑是因为土地叫我不要践踏它，它怕我这不光荣的身体会使它蒙上难堪的耻辱。我有一艘满装黄金的大船，你们拿去分了，各自逃生，不要再跟恺撒作对了。"部下们难以接受这个说辞，请女王劝说安东尼。她说："请原谅我因为胆怯而扬帆逃避，我没有想到你会跟上来的。"安东尼并没有怪她，而是再次表达了对女王的炽热情感，他说："你知道我的心是用绳子缚在你的舵上的，你一去就会把我拖着走。你知道你已经彻头彻尾地征服了我,我的剑是绝对服从我的爱情的指挥的。"女王感动得热泪盈眶,安东尼看到她的眼泪,心疼地安慰她。

安东尼派一位教书先生,代表他和埃及女王去向恺撒求和,使者说:"安东尼把你当作他命运的主人,他向你致以最大的敬礼,请求你准许他住在埃及或只是在雅典做一个平民。克莉奥佩特拉也承认你伟大的权力,愿意听从你的支配。她恳求你慷慨开恩,准许她的后裔保存托勒密王朝的宝冕。"

恺撒狂傲地回答:"对于安东尼,他的任何要求我一概置之不理。女王要是愿意来见我,或是向我有什么请求,我都可以答应,只要她能够把她那名誉扫地的朋友逐出埃及境外,或者就在当地结果他的性命。要是女王做得到这一点,她的要求一定可以得到我的垂听。你就这样去回复他们两人吧。"使者离开了,恺撒又命令自己的属下去拜见女王,他说:"告诉她,无论她有什么要求,我都答应。另外你还可以照你的意思向她提出一些优厚的条件。女人在最幸福的环境里,往往抵抗不了外界的诱惑。尽量运用你的手段,替我从安东尼手里把克莉奥佩特拉夺来。"

此时,埃及宫中,女王克莉奥佩特拉焦躁不安,不知所措。安东尼派出去的使者回来了,他如实地转达了恺撒的意思。安东尼听了气愤不已,他说道:"我要向他挑战,叫他不要依仗那些比我优越的条件,直接痛快地跟我来一次剑对剑的决斗。我就去写信,跟我来。"

五

激烈交战

　　安东尼离开后,恺撒派来的使者到达了埃及皇宫。使者对克莉奥佩特拉说:"恺撒请求你不要因为自己目前的处境而介意,他知道你投身在安东尼的怀抱里,不是因为爱他,只是因为惧怕他,所以他对于你荣誉上所受的创伤是万分同情的。要是您愿意把他的命运作为您的靠山,他一定会十分高兴的。当然,要是您离开安东尼,置身于他的羽翼之下,尊奉他为全世界的主人,那么他会更加心满意足。"克莉奥佩特拉听了使者的话很感动,她说:"最善良的使者,告诉他,我随时准备把我的王冠跪献在他的足下。告诉他,从他举世慑服的诏语之中,我已经听见埃及所得到的判决了。"说完,她还亲吻了使者的手。

这一切都被安东尼看在了眼里,他大发雷霆,大声辱骂使者,并命令侍从用鞭子抽打使者。他大骂女王水性杨花,他说:"在我没有认识你以前,你已经是一朵半谢的残花了,不知道有多少荒淫无耻的经历。罗马的衾枕不曾留住我,多少名媛淑女我都不曾放在眼里,我不曾生下半个合法的儿女,难道结果反倒被一个向奴才们卖弄风情的女人欺骗了吗?"他又感叹自己的不幸,认为天神封住了自己的眼睛,使他丧失了理智,看着他一步步陷入迷途而暗笑。看着被鞭打求饶的使者,安东尼怒吼道:"你应该后悔追随胜利的恺撒,因为你已经为了追随他而挨了一顿鞭打。滚回到恺撒跟前去,把你在这儿所受到的款待告诉他。记着,你必须对他说,他使我非常生气,因为他的态度太傲慢自大,看轻我现在失了势,却不想到我从前的地位。"

克莉奥佩特拉等安东尼发完脾气,表白自己的真心,她说:"你还不知道我的真心吗?啊!亲爱的,要是我果然这样,愿上天在我冷酷的心里酿成一阵有毒的冰雹,让第一块雹石落在我的头上,融化了我的生命。然后让它打死恺撒,再让我的孩子和我勇敢的埃及人一个一个在这雹阵之下丧身,让他们死无葬身之地,充作尼罗河上蝇蚋的食料!"安东尼对她的表白很满意,他表示,要把溃散的陆军、海军重新集合起来,恢复原来的威风和雄心,做一个杀人不眨眼的魔王,与恺撒在埃及的亚历山大里亚城决一死战。

"这才是我英勇的主。今天是我的生日,本来我准备让它在无声无息中过去,可是既然我的主仍旧是原来的安东尼,那么我也还是原来的克莉奥佩特拉。"女王说道。于是,众人端起酒杯,尽情畅饮,为安东尼饯行。

晚上回到营中,安东尼对部下们说:"明天,我要在海上陆上同时作战。即使我不能胜利而生,也要用壮烈的战血洗刷我濒死的荣誉。你们愿意为我拼尽全力吗?"部下们纷纷表示自己誓死效力的衷心。安东尼听了很欣慰,他继续说:"今夜也许是你们最后一次为我服务了,也许你们从此再也看不见我了,也许你们所看见的,将只是我血肉模糊的影子,也许明天你们便要服侍一个新的主人。你们尽心竭力地跟随了我一辈子,我到死也不会把你们丢弃的,愿神明保佑你

们!"安东尼的部下听后,都为之动容,伤心地流下了眼泪。

使者回到亚历山大里亚城,告诉恺撒安东尼的回应,恺撒听后怒火中烧,"他叫我小子,对我信口谩骂,以为有力量把我赶出埃及。他还鞭打我的使者,要求跟我单独决斗。他如果想死,方法还多着呢。他想挑战尽管来,我只会一笑置之。"于是,他晚上大宴全军,让将士们做好明天与安东尼一决胜负的准备。

第二天,天气很好,兵士们斗志昂扬,很早就集合在一起准备出发。战争开始了,恺撒叫那些投降过来的将士充当前锋,目的是让安东尼向他自家的人发泄他的愤怒。双方在陆地和海上都进行了激烈的交战,虽然最后安东尼打退了恺撒进攻的队伍,可他们也伤亡惨重,被迫退回到了自己的营地。

回到营地,安东尼派一个属下去向女王汇报今天的战绩,然后大赞将士们的英勇与忠诚,并下决心,要在明天太阳还未出来前,叫那些今天逃脱的敌人一个个喋血沙场。埃及女王克莉奥佩特拉看到平安归来的安东尼,激动地说:"万君之君,无限完美的英雄啊!你带着微笑从天罗地网之中脱身归来了吗?"说完把一副纯金的战铠送给了安东尼。安东尼见了女王,充满雄心壮志而又不失柔情地说:"我的夜莺,我们已经把他们打退了,我们的大军要列队前进,兴高采烈地显示我们的威容,我们要把剑痕累累的盾牌像我们的战士一样高高举起。为了预祝明天的大捷,让我们畅饮吧。"喇叭声、鼓声此起彼伏,营地顿时成了一片欢快的海洋。

新的一天,双方继续激战,安东尼认为恺撒已经见识到他在陆地上的雄厚实力,于是决定与恺撒进行海战。可是,在激战中,他的舰队却突然投降了敌人。安东尼众叛亲离,遭受惨败,重创而归。回来后,安东尼脾气暴躁,如发疯一般怒吼咆哮。

埃及女王内心痛苦,他害怕见到身心都遭受重创的安东尼,于是决定把自己锁到陵墓里面。她吩咐侍从:"你去告诉安东尼我已经自杀了,告诉他我最后一句话是'安东尼'。请你用非常凄恻的声音,念出这一个名字。"说完,她就去了坟墓。

六

安东尼之死

侍从来到安东尼面前,告诉他女王已经死了,她临死前说的最后一句话是:"安东尼!最尊贵的安东尼!"安东尼听到这个噩耗,感觉胸膛都碎裂了,他把战铠脱下来,痛苦万分地说:"我不再是一个军人了,残破的甲片啊,暂时离开我吧。克莉奥佩特拉死了,我却还在这样重大的耻辱之中偷生人世,天神都在憎恶我的卑劣了。我要追上你,我的女王,流着泪请求你的宽恕。"紧接着,安东尼拔出剑,对自己的一个部下说:"爱洛斯,你我曾经有约在先,到了形势危急的关头,当你看见我将要在敌人手里遭受无可避免的凌辱的时候,就必须立刻把我杀死。现在这个时刻已经到了,履行你的义务吧。不要害怕,其实你并不

是杀死我,而是击败了恺撒。"

爱洛斯不忍下手,一再劝说安东尼,可是安东尼求死之心已定,任谁也无法说服他。他只是一遍遍恳求爱洛斯杀了自己。忠诚的爱洛斯不想违抗安东尼的命令,却又不忍下手,竟然拔剑自刎。安东尼见状,悲痛地说道:"比我勇敢三倍的义士!壮烈的爱洛斯啊,你把我所应该做而你所不能做的事教会我了。你的主人临死时候却是你的学生,你教给我怎样去死。"说完,他举起手中的剑刺向自己,紧接着,扶剑倒地,却没有立即死去。担心自己死不了,他叫来士兵们,要求他们立即杀死自己,可是士兵们谁也下不去手。正在这时,克莉奥佩特拉的一个侍从赶到安东尼身边,告诉他女王并没有死,现在就藏在陵墓里。她因为看见您疑心她和恺撒有勾结——其实是完全没有这一回事的——没有办法平息您的恼怒,所以才叫人来告诉您她死了。可是她又怕这一个消息会引起不幸的结果,所以叫自己来向安东尼说明事实的真相。

安东尼心想已经太迟了,自己就快死了。可是,他还是想在临死前与女王见一面。于是命令属下把奄奄一息的自己带到女王身边。部下们都为安东尼感到难过,可他却劝说人们泰然处之,还开玩笑地说:"一向总是我带领着你们,现在我却要劳你们抬着我走了,谢谢你们。"

侍从告诉克莉奥佩特拉,安东尼就快死了,但是他想再见女王一面,所以现在正向陵墓赶来。女王听了大为震惊,大喊:"太阳啊,把你广大的天宇烧毁吧!人间的巨星已经消失它的光芒了。啊,安东尼,安东尼,安东尼!大家帮帮忙,把他抬到这儿来。"

安东尼被抬到女王身边,两人终于见面,感慨万千。女王泣不成声,安东尼安慰道:"不要难过,不是恺撒的勇敢打倒了安东尼,是安东尼战胜了他自己。

我要死了,女王,我要死了。我只请求死神宽限片刻,让我把最后的一吻放在你的唇上。"克莉奥佩特拉与他深情亲吻,然后说道:"我怕他们把我捉去。我决不让全胜而归的恺撒把我作为向人夸耀的战利品。要是刀剑有锋刃,药物有灵,毒蛇有刺,我决不会落在他们的手里。你那眼光温柔、神气冷静的妻子奥克泰维娅永远没有机会在我的面前表现她的端庄贤淑。"

"我的厄运已经到达它的终点,不要哀哭也不要悲伤。当你思念我的时候,请你想到我往日的光荣。你应该安慰你自己,因为我曾经是全世界最伟大、最高贵的君王,因为我现在堂堂而死,并没有怯懦地向我的国人抛下我的战盔。"说完,安东尼便咽下了最后一口气。

"最高贵的人,你死了吗?你把我抛弃不顾了吗?这寂寞的世上没有了你,就像个猪圈一样,叫我怎么活下去呢?剩下在这世上的,现在只有一群无知的儿女,杰出的英雄已经不在人间,月光照射之下,再也没有值得注目的人物了。"说完,克莉奥佩特拉便因为过度伤心而晕了过去。众人焦急地呼唤女王,经过抢救,她终于苏醒过来,但是仍然很悲伤,她说道:"我只是一个平凡的女人,平凡的感情支配着我,正像支配着一个挤牛奶、做贱工的婢女一样。安东尼在的时候,我感觉这个世界可以和天国相媲美。当他不在了,周围的一切都显得那么空虚无聊,忍着像傻瓜,不忍着又像疯狗。我现在什么都没有了,只是一心求死。"周围的人看到这场景,无不伤心落泪,为之动容。

此时,恺撒也从一位来投靠他的将士口中得知了安东尼的死讯。他既震惊又激动,说:"这样一个重大的消息,应该用雷鸣一样的巨声爆发出来。安东尼的死不是一个人的没落,半个世界也跟着他的名字同归于尽了。"紧接着,他又说道:"安东尼啊!我已经追逼得你到了这样一个结局;我们的血脉里都注射着致命的毒液,今天倘不是我看见你的没落,就得让你看见我的死亡。在这个世

界上,我们是无法并立的。不过,我还是为你的死表示哀痛。"

这时,埃及女王派出的使者来到恺撒面前,对恺撒说:"我是一个卑微的埃及人。我家女王幽居在她的陵墓里,这是现在唯一属于她所有的地方,她想要知道你准备把她怎样处置,好让她自己有个准备。"

"请她宽心吧!我不久就会派人去问候她,到那时,她就知道我们已经决定给她怎样尊崇而优厚的待遇,因为恺撒决不是一个冷酷无情的人。"恺撒答道。

使者离开后,恺撒也立即派出自己的使者,去拜访女王,以表达自己的友好及对女王的爱慕。

世界经典文学名著大全
·青少年彩绘版·

七

克莉奥佩特拉殉情

  自从安东尼死后,克莉奥佩特拉一直郁郁寡欢。这天,恺撒派出的使者到了埃及,他们带来了恺撒的问候,对女王说:"恺撒问候埃及的女王,请你考虑考虑你有些什么要求准备向他提出。"

  "你家主人倘若想看到有一个女王向他乞讨布施,你必须告诉他,女王是有女王的身份的,她要是向人乞讨,至少也得乞讨一个王国;要是他愿意把他所征服的埃及送给我的儿子,那么为了他把原来属于我自己的东西仍旧赏赐给我的偌大恩惠,我一定满心感激地向他长跪拜谢。"直到此时,女王仍不失自己的威仪。

使者不停地强调恺撒是个胸怀宽广的人,对女王的遭遇充满了同情。趁女王专心应付使者之时,恺撒派来的其他将领,登梯升墓至克莉奥佩特拉身后,一把捉住了女王。女王手下的人惊恐地大叫:"啊!女王!女王!你被他们捉住了!"

女王并没有惊慌,而是拔出匕首,准备自杀。

"住手,娘娘,住手!"使者一把捉住女王的手,将匕首夺下。"不要干这种对不起您自己的事;您现在并没有被人陷害,却已经得到了解放。"使者劝说道。

"死可以替受伤的病犬解除痛苦,难道我却连死的权利也被剥夺了吗?"女王反问道。

"克莉奥佩特拉,不要毁灭你自己,辜负了我们主上的一片好心;让人们看看他的行事是多么高尚正大吧,要是你死了,他的美德岂不白白埋没了吗?"

"先生,我要不食不饮,宁可用闲谈消磨长夜,也不愿睡觉。不管恺撒使出什么手段来,我也要摧残这一个易腐的皮囊。你要知道,我并不愿意带着镣铐,在你家主人的庭前做一个待命的囚人,或是受那阴沉的奥克泰维娅的冷眼。难道我要让他们把我悬吊起来,受罗马那些下贱民众的鼓噪怒骂吗?我宁愿葬身在埃及的沟壑里,我宁愿铁链套在我的颈上,让高高的金字塔作为我的绞架!"高傲的女王宁愿死也不愿遭受别人的侮辱。她不管别人说什么,只是一个人自言自语,陷入对安东尼的思念与回忆中,想念他的种种威武与柔情。

这时,恺撒也赶到了女王所在的陵墓。他对埃及女王礼遇有加,说道:"克莉奥佩特拉,你要知道,我们对于你总是一切宽大的,决不用苛刻的手段使你难堪,只要你顺从我的意志,你就会知道这一次的变化是对你有益的。可是假如你想效法安东尼,使我蒙上残暴的恶名,那么你将要失去我的善意,你的孩子们都将不免一死,否则我是很愿意保障他们的安全的。"

"全世界唯一的主人,我没有话可以替我自己辩白,可是我承认我也像一般的女人一样,在我的身上具备着许多可耻的女性的弱点。愿全世界都信任您的广大的权力。整个大地都是属于您的,我们是您的胜利的标志,您可以把我们随便悬挂在什么地方。"埃及女王答道,并将一张记录自己全部金钱珠宝的清单呈给了恺撒。接着,她又说:"我们掌握大权的时候,往往因为别人的过失而担负世间的指责。可是我们失势以后,却谁也不把别人的功德归在我们身上,而对我们表示善意的同情。"女王感到既悲哀又无奈。

恺撒对女王的言行很满意,要女王下去好好休息,还要女王把他们当作朋友一样信任。

恺撒走后,一位曾效命于安东尼而后又投降于恺撒的将士,来到埃及女王面前,他告诉女王恺撒准备取道叙利亚回国,在这三天之内,他要先把女王和她的孩子们遣送就道,他还提醒女王尽快决定应付的办法。女王很感激地点了点头。想到自己成为俘虏后,将要遭受的种种耻辱,女王决定到昔特纳斯河去自杀,因为那里是他与安东尼第一次相会的地方,是他们感情的始发地。她命令手下人替自己穿上女王的装束,带上王冠。正打扮着,一个小丑前来参拜,他带来了女王要他准备的尼罗河里的一种毒蛇,这种毒蛇只要咬人一口,就能将人置之死地。

装扮好后,她把所有人都支开,拿出装有毒蛇的篮子。她捉了一条放在胸口,又捉了一条缠在手臂上,临死前她仿佛听到了安东尼召唤她的声音。等恺撒的人发现时,已经太晚了,美丽的埃及女王就这样追随自己的情人,离开了人世。

恺撒听说了埃及女王殉情的事，颇为震撼，感慨道："她最后终究显出了无比的勇敢，她推翻了我们的计划。她自身的尊严决定了她自己应该走的路。他们这一段悲惨的历史，成就了一个人的光荣，可是也赢得了世间无限的同情。"他下令将这对举世无双的情侣同穴而葬，并命令军队用隆重庄严的仪式为他们举办葬礼。

安东尼和克莉奥佩特拉的悲剧令人扼腕叹息，可他们之间炽热真挚的爱情却为人们世代所津津乐道。

哈姆雷特

世界经典文学名著大全
·青少年彩绘版·

一

遭逢巨变

最近几天,丹麦的艾辛诺尔堡闹鬼的传闻不胫而走,几个守城的军官都声称曾见过死去不久的老国王的鬼魂,据说那鬼魂的衣着打扮、举止神态都和老国王生前一模一样,只是似乎多了几分哀怨与愤怒,他总是在半夜出现,四处游荡,然后在雄鸡啼鸣时消散。

军官赫瑞修起先对传闻嗤之以鼻,认为那只不过是人们的幻想罢了。但在一个寒冷的夜晚,他和几个值夜班的士兵来到城堡的露台上,却看到了一个跟死去的国王穿戴得一样的鬼魂出现。他们壮着胆子上前向鬼魂问话,可是鬼魂并没有回应他们,并且就像传闻中所说的,鬼魂在黎明雄鸡报晓时瞬间消失。

震惊之余,赫瑞修没有失了方寸,决定把这件事告诉自己的密友哈姆雷特。

　　哈姆雷特是丹麦国王的儿子,就读于卫登堡大学,他年轻有为,才华横溢,举止端庄,为人正派,是一个对天地万物、人与社会都充满了美好希冀的理想主义者,深受众人喜爱,备受赞誉。他非常崇拜自己的父亲,因为父亲品格高尚,深受众人拥戴。为了成为一位合格的王位继承人,他努力学习,在老国王的爱护和培植下,就像一颗苗壮的禾苗一样健康成长。哈姆雷特还和御前大臣波隆尼尔的女儿欧菲莉亚两情相悦,甜蜜的爱情使他如沐春风。可以说,哈姆雷特拥有了世间一切美好的事物,成为所有人羡慕的对象。

　　然而,天有不测风云,这种幸福在老国王离奇死亡后戛然而止,心狠手辣的叔叔克劳地无视哈姆雷特的存在,密谋登上了王位,还以冠冕的说辞欺骗众人,宣称老国王是被一条毒蛇咬死的。更令哈姆雷特震惊的是自己的母亲、皇后葛簌特竟然在父亲去世不久后就嫁给了叔叔,而朝臣新贵们也纷纷向新王献媚邀宠,哈姆雷特感受到了人情的冷暖、世态的炎凉,他一方面为父亲的去世而哀痛,一方面又因母亲的婚姻而感到耻辱,他感觉自己似乎掉进了伸手不见五指的深渊,曾经认为一切都是美好的世间,现在变得陈腐乏味,好似一个长满了恶毒莠草的荒园。新王和王后想尽了办法叫他快活起来,但哈姆雷特总是穿着黑色的丧服来表示他的哀悼,甚至在新王举行结婚大礼的那一天,他仍旧身着丧服以示鄙视。

　　困惑、震惊、愤怒、忧郁,种种不好的情绪包围了哈姆雷特,他悲痛地呼喊着:"想不到居然会有这种事情!我的父亲,这样好的一个国王,死了还不到两个月,我的母亲就嫁给了这样一个下流痞!啊,我不能再想下去了!脆弱啊,你的名字就是女人!"虽然对父亲的死因持怀疑态度,但是哈姆雷特很清楚自己当下处于不利的处境,不能贸然行动,于是,他暗自告诫自己:"眼下,必须噤住

自己的嘴。"愁云惨雾一点一点地侵蚀着他,那个曾经快乐幸福的王子正在消失殆尽,而复仇的种子却在渐渐萌芽。

这天,赫瑞修和另外两位守城军官马赛洛、柏纳多一起前去拜见哈姆雷特王子。聊天过程中,哈姆雷特告诉他们自己见到了父亲。

"在哪里,殿下?"赫瑞修慌张地询问。

"在我神智的眼中,赫瑞修。"哈姆雷特哀怨地答道。

读懂了王子眼中的忧郁,赫瑞修告诉哈姆雷特,自己昨夜与马赛洛和柏纳多守夜时,见到一个从头至足酷似老国王的武装形象出现,庄严地漫步于他们面前,且近在咫尺。震惊的哈姆雷特本来不相信,但三人的说法一致,且描述得栩栩如生,令哈姆雷特渐渐相信确有其事。

本就对父亲死因持怀疑态度的哈姆雷特,此时听了赫瑞修带来的消息,更加验证了内心的想法,他认为父亲身披武装,绝非善事,坚信父亲的死必有蹊跷,父亲一定是有什么冤屈要诉说。于是,哈姆雷特决定当天晚上和卫兵一起去守夜,好见到父王的鬼魂,并发誓:"即使地狱将崩裂而命我住口,我也一定要与他说话。"

二

探查真相

这天晚上，月黑风高，寒气逼人，树叶沙沙作响，呼啸的风声好似人哀怨的呻吟声。哈姆雷特怀着忐忑而又激动的心情与赫瑞修等人登上了值夜班的城墙，寒冷的空气不时袭来，似乎要刺透人骨。众人被周围诡异的气氛包围着，有如惊弓之鸟。突然，阵阵号角声和鼓声传来。

"这是什么声音？"赫瑞修问。

"这是国王正在饮酒作乐，歌舞狂欢。当他把大盅的葡萄酒灌入喉咙时，鼓号就齐鸣，为他助兴用，以欢祝他的万寿。"哈姆雷特说。

"这是习俗吗?"赫瑞修接着问。

"是的,不过,我认为这习俗弊病很多,这些酗酒狂欢只会引致外人对我们的耻笑,会玷污我们的名誉。"哈姆雷特说。

赫瑞修赞许地点点头,猛一抬头,说道:"看!殿下,鬼魂来了!"

哈姆雷特抬头一看,见远处有个高大的身影。再仔细看看,果然是自己的父王。他激动地大喊:"我最敬爱的父亲,请告诉我,为何您那经过圣礼安葬的灵骨要破坟而出,并且全副武装地返回人世间,出没于月光下?请把真实的情形告诉我,你是否还有什么话要对我说?是否还要我去做些什么事情?"

只见鬼魂招手向他示意,意思是要哈姆雷特单独跟他走。哈姆雷特刚想走过去,就被众人拦住,他们劝他说,深夜里,一时还弄不清这是善良的灵魂,还是恶魔装扮成先王的样子来作祟,更不知鬼魂带来的是吉是凶,是祸是福,最好不要贸然前去。但是,哈姆雷特却说:"没什么可怕的,我早已把我的生命视得轻于鸿毛。至于我的灵魂,它亦是个永恒之物,他又能把它怎样?"

"请殿下三思呀,倘若他把您勾引至那汪洋大海或岸旁之峭壁边缘时,再显露出他恐怖的原形,施魔法令您丧失理智或发狂,那该怎么办?就是平常从悬崖高处俯瞰那磅礴的大海,都会令人神志昏然,心生异念,更何况是现在?"赫瑞修惊慌失措地说。

"可他又招手了,我现在必须过去。"哈姆雷特说。

"殿下,您别去。"马赛洛和柏纳多用手挡住哈姆雷特的去路。

哈姆雷特甩开阻拦他的手,并拔出宝剑威慑道:"我的心灵在哭号,此时,我全身充满了勇气和力量。我一定要去,谁阻止我,我就杀了他。"说完,他就跟随鬼魂走了。

赫瑞修等三人认为王子一定疯了，丹麦或许将有不好的事发生，于是，他们也跟了去。

鬼魂把哈姆雷特领到一个僻静的地方，对他说："我是你父亲的灵魂，死后备受折磨，白天被烈火煎熬，晚上无目的地游走徘徊。我死得冤枉呀，现在我把真相告诉你，你要为我报仇呀。"

哈姆雷特请求赶快告诉他谁是仇人，他一定要立即去把仇人杀死，以雪胸中之恨。鬼魂说："孩子，这是个最狠毒，最奇异，最反伦理的谋杀。所有人都被骗了，他们都以为我是在花园里睡觉的时候，被一条毒蛇咬死的。可是，你要知道，我的孩子，那条害死你父亲的毒蛇，现在头上戴着王冠呢。"哈姆雷特听到这里，心中暗想："果然给我猜着了！是我叔父那条毒蛇，害死了我的父亲。"那鬼魂继续说："那天，我照习惯在花园内午睡，你的叔叔趁我不备，悄悄地溜了进来。拿着一个盛有毒汁的小瓶子，把一种致命的药水注入我的耳孔内。这种毒液一见人血，就快如水银般立刻流入人的全身血脉，经过一阵翻腾，它就令原来稀薄健康的鲜血凝固成膏。毒液令我全身本来光滑的皮肤顿时溃烂，并结满了厚痂。就这样，我在睡梦之中，被自己的弟弟夺去了生命，夺去了我的王冠，而且那个乱伦奸淫的畜生，还用狡猾的妖术，叛逆的心智，勾引了我那表面淑贞的皇后。你若是有志气，就要为我报仇，可不要听而不闻，也不要掉头不管，不要让丹麦皇室的寝床成为可恨的淫欲、乱伦之卧榻。可是你要记住，无论你怎样进行复仇，千万不要伤害你的母亲。她的过错，就留给上天去裁判吧，让她去受自己良心的谴责及刺戳吧。再会，再会，请记着我。"鬼魂说完这些话就消失不见了，因为黎明已经悄然来临了。

哈姆雷特听完,痛心疾首,暗自发誓:"我一定牢牢记住这些话,我将把记忆中所有琐碎的杂事、书中的智慧及少年所学的经验统统抹去,只把您的话留在脑中,决不与其他事情混杂。我发誓,我和这个堆着笑脸杀人的奸贼不共戴天,从此以后,我的座右铭将是:再会,再会,请记着我。"

赫瑞修等人此时也赶到了哈姆雷特身边,问他鬼魂和他说了些什么。"如果我说了,你们会保密吗?"哈姆雷特问。

"当然会。"众人回答。

"整个丹麦没有一个不是纯粹歹徒的恶棍。"哈姆雷特说道。这是一句老实话,谁都知道,这话是用不着一个鬼魂特别从坟墓里跑出来告诉他的。众人认为鬼魂一定与王子说了很重要的事,只是王子不愿意透露而已。在哈姆雷特诚恳而又一遍遍的要求下,众人发誓不会把他们看到鬼魂的事告诉任何人。哈姆雷特听了很欣慰,说:"不安的亡魂,请你安息吧。"说完,众人就一起下了城楼。

三

忍辱负重

　　如今，哈姆雷特已经知道害死父亲的就是叔父这条毒蛇，并且已下定报仇的决心，他思考的问题就多了。他知道，他再这样继续下去，就会惹起他叔父克劳地的戒心。要是那样的话，他的复仇计划就无法实现。他感到自己必须处处慎重，而且应当改变方式。他意识到自己处在一个颠倒混乱的时代，他理应担负起重整乾坤的重任。为了不引起克劳地的怀疑，他决定从此时起开始假装发疯，并且尽可能造成一种假象，使人们认为他是为了欧菲莉亚的爱情而发疯的。他想，这样一来，他的叔父克劳地就会认为他不再会有什么作为，不会有什么图谋，也不会对他构成什么威胁，从而也就不会对他有什么猜疑了。

想起自己的恋人欧菲莉亚，哈姆雷特很心痛。她是一个美丽善良的姑娘，哈姆雷特曾经给她写过情书，送过礼物，有过许多热辣辣的爱情表白，正大光明地向这位纯洁美丽的少女求过爱，她也肯相信王子所有的海誓山盟都是真挚的。可她的父亲波隆尼尔和哥哥雷尔提却是顽固阴险的人。他们不同意欧菲莉亚与哈姆雷特交往，认为哈姆雷特对欧菲莉亚的感情只是情窦初开，并不会长久。在他们看来，人到情欲冲动时，嘴巴里讲的尽是些甜言蜜语，这些火焰，只亮不热，瞬间就会熄灭。他们警告并命令欧菲莉亚远离哈姆雷特。欧菲莉亚迫于压力，不得不远离哈姆雷特。

这天，欧菲莉亚的哥哥雷尔提去了巴黎，父亲波隆尼尔正在向家臣交代如何去巴黎照顾及监察自己的儿子，欧菲莉亚突然慌张地闯了进来。"发生什么事了，我的女儿？"波隆尼尔关切地问。

"啊，父亲，父亲，吓死我了！"欧菲莉亚惊恐万分。

"老天呀，究竟什么事？"波隆尼尔追问。

"刚才我在房间里缝纫时，哈姆雷特殿下闯了进来，他敞着外套，头上也没戴帽子，没袜带的袜子脏兮兮地拖落在脚踝，他脸色苍白如衬衫，双膝并拢，一副可怜巴巴的样子看着我，那样子就好像刚从地狱里放出来。"欧菲莉亚不可置信地说。

"难道他是因为爱你而疯了吗？他还和你说了什么？"波隆尼尔问。

"他用一只手扭住我的手腕，把我拉进他怀里，把另一只手放在自己的额头上，目不转睛地盯着我，良久之后，他才把我的手轻轻地抖了抖，点了三次头，然后，他深叹一口气，才渐渐放开我。他离开时不看路，只是一直调转头盯着我。"欧菲莉亚回忆道。

波隆尼尔认为王子痴情病狂,也许他对欧菲莉亚是真心的,自己感觉有些惭愧,为了避免发生更大的悲剧,他决定尽快把这件事上报给国王。

国王克劳地听说哈姆雷特疯了,急忙召见了朝臣罗生克兰与盖登思邓,他们是哈姆雷特的同学。克劳地和皇后葛簌特请他们二人前去看望发疯的哈姆雷特,希望对他的病情有所帮助。罗生克兰与盖登思邓听从命令,前去看望哈姆雷特。

此时,出使挪威的事务官傅特曼和孔里尼回到了丹麦,波隆尼尔将他们带到了克劳地面前。他们告诉国王,挪威王子福丁布拉招募扩充军队,确实是针对陛下您。挪威王,也就是福丁布拉的叔叔,已经下令侄儿停止了此种行为,乞求陛下让征军平安渡境本国。克劳地很是欣慰,请他们先下去休息,稍后再宴请他们二人。

傅特曼和孔里尼离开后,波隆尼尔与国王和皇后谈论起王子发疯的原因。皇后认为,儿子是因为自己的父亲突然死亡,而母亲又嫁给了自己的叔叔,难以承受,因而发疯。可是,波隆尼尔却认为王子发疯是因为自己的女儿,因为自己禁止女儿高攀皇室,与王子交往,孝顺听话的女儿只得远离王子,还把王子给她写的情书拿给自己看。从此以后,王子就变得少言寡语,抑郁寡欢,日不能食,夜不能寐,以至于变成今天这样一个状态。尽管波隆尼尔的理由合理充分,克劳地还是半信半疑,于是决定试探一下哈姆雷特。

四

斗智斗勇

哈姆雷特被带到国王和皇后面前时,正念着一本书。"看他埋头苦读的那副可怜样。"皇后心疼地说。波隆尼尔要求众人先回避,由自己一人来试探哈姆雷特。

众人退出后,波隆尼尔问道:"我的哈姆雷特殿下,您可好?"

"好,上天怜悯。"哈姆雷特答道。

"那你认得我吗,殿下?"波隆尼尔又问。

"当然认得,你是个鱼贩子。"哈姆雷特疯疯癫癫地回答。

"不,我不是卖鱼的贩子。"波隆尼尔赶忙说道。他并不知道哈姆雷特是在讽刺他利用女儿来调查自己发疯的内幕。

"既然如此,那我希望你也是个老实人。"

"老实,老实,殿下。"

"在这个世界上,一万个人中只有一个老实人。"哈姆雷特看看书,继续说道,"太阳之吻能使死狗尸上生蛆,那是一个可亲可吻的好腐肉。你有没有一个女儿?"

"我有,殿下。"

"您女儿腹中怀孕,可千万不要让她在太阳光底下行走呀。"说完,哈姆雷特又开始看书。

"您在读什么,殿下?"

"空字,空字,空字。"

"什么事,殿下?"

"谁在争吵?"

"我的意思是此书写的是关于什么事的呀?"

"诽谤啊,先生。要是您能像一只螃蟹一样向后倒退,那么,您也应该和我一样老了。"

波隆尼尔听了他这些莫名其妙的话,心想:"他真是疯了,而且还病得很严重。说句老实话,我在年轻时,也曾为恋爱大发其疯,想来那样子跟他现在也差不多。不过,他说的虽然是些疯话,细想起来,却也有些深意在。发疯的人往往

能说出理智清醒的人所说不出的话来。"他决定先离开,好安排自己的女儿与王子会面。

"殿下,我先告退了。"波隆尼尔躬身施礼道。

"先生,除了我的生命,你再也提不出另一样使我更乐意告别之物。"哈姆雷特说道。

波隆尼尔走后,哈姆雷特的同学罗生克兰与盖登思邓又走了进来。"尊贵的殿下。"两人行礼道。

"我的好朋友们!你们好吗?"哈姆雷特问。

"马马虎虎,殿下,只是这个世界可是愈来愈善良了。"罗生克兰答道。

"那意味着世界末日就要来临了。我的朋友,你们为何被命运之神押送来此牢狱?"

"牢狱?"两人对哈姆雷特说的话感到很奇怪。

"对我而言,丹麦就是个牢狱。整个世界就是个大的牢狱,而丹麦是其中最坏的一部分。"

"那只是您的野心在作祟而已,而野心又出自您的那些噩梦。其实野心是最难以捉摸的,它是幻影中的幻影。"

"如果真如你所说,那毫无野心的乞丐岂不是实体,而帝王及其他野心家们岂不是乞丐的影子?"哈姆雷特不愿再继续想下去,他谢绝了罗生克兰与盖登思邓要伺候他的请求,并点破了两人来此是为了监视他的意图。

"你们是我的朋友,你们如果爱我,请告诉我此行的真相。"哈姆雷特诚恳地说道。

盖登思邓与罗生克兰对视一眼,答道:"殿下,我们的确是奉命而来的。"

"为了使你们不负国王和皇后的嘱托,我还是告诉你们吧。最近的我也不知因为什么缘故,对任何事物都失去了兴致,失去了快乐的资本。沉重的心灵使我觉得这整个世界仅仅是块枯燥的顽石,不复从前的美丽。覆盖众生的苍穹,曾经是那样壮观,如今却充满了乌烟瘴气。人类是一个美妙的杰作,他拥有崇高的理智、无限的能力、优美可钦的仪表,他的举止就像天使一样,他的灵性可与神仙相媲美。他既是天之骄子,又是万物之灵。可对我来说,他却朽如粪土。任何人都无法提起我的兴致。"哈姆雷特说道。

两人觉得从哈姆雷特说的这些话中,思考不出任何头绪来,就不再继续追问了。只是应付着说:"殿下,要是人类不能使您发生兴趣,那么新来了一个戏班子,就是您一向最喜爱的从城里来的悲剧团,他们要到这里来向您献技,不知您是否有兴趣?"

"他们为何要像这样出外巡回卖艺?在一个固定的剧院演出不是更有利于他们的声望和利润吗?"哈姆雷特问。

"因为近来戏剧界发生了大的变迁,出现了一窝号称'雏鹰们'的新派童子戏班,他们与所谓的'普通'剧团的纷争愈演愈烈。"盖登思邓回答。

"好吧,就让戏班来表演吧。"哈姆雷特说道。

哈姆雷特的装疯卖傻几乎骗过了所有人,他们认定哈姆雷特之所以发疯,不是因为父亲的死,而是为了爱情。只有奸诈多疑的克劳地还有些怀疑,他想要再次试探一下哈姆雷特,决定安排欧菲利亚单独与哈姆雷特见面,而自己则和波隆尼尔藏在隐蔽处，观察哈姆雷特的举动。正准备着，波隆尼尔听到了哈姆雷特的声音，他与克劳地赶紧躲了起来。

哈姆雷特一边走一边念着："生存还是毁灭，这是个必须考虑的问题。理智，能使我们成为懦夫，而顾虑，能使我们本来辉煌的心志变得黯然无光。哦，美丽的欧菲莉亚，在你祈祷时，可别忘了为我的罪孽祈祷。"哈姆雷特的"疯言疯语"令欧菲莉亚摸不着头脑。哈姆雷特离开后，克劳地和波隆尼尔从隐蔽处走出，他们商量，倘若再找不出哈姆雷特发疯的真实原因，就把他遣送去英国，或随意监禁在某处。

五

精密筹划

哈姆雷特表面装疯,内心却非常复杂。他急于要报杀父之仇,可是一直没找到合适的机会。因为他要报复的对象是国王,而国王的身边护卫森严,他无法下手。再者,他曾答应过父亲不伤害母亲,而母亲却总是跟在国王身边,他怕出手会伤到母亲。最重要的是,哈姆雷特是个正直善良的人,不能只是单凭一个鬼魂的说辞,而无确切证据,就把一个活生生的人杀死,他于心不忍,也不想滥杀无辜。种种原因一直困扰着他,使他心中的矛盾斗争异常激烈。他一直在寻找一个适当的机会和一种恰当的方式,来搜集确实的证据。戏班子的到来正好给他提供了一个绝好的机会,这个戏班子在当时是最好的,演员的演技都很

高超。在剧种方面,不论是喜剧、悲剧、历史剧、田园剧都能演。在扮演人物方面,不论是国王、武士、忠良、奸臣都扮演得很逼真。他决定利用戏班子演戏的时机,来进一步探查父亲被害的真相。

罗生克兰与盖登思邓再次来到哈姆雷特的住处,告诉他戏班子已经到了。"两位先生,我只是在吹西北风时发疯,吹南风时,没那么疯。"哈姆雷特突然冒出一句没头没尾的话来。此时,波隆尼尔走了进来。哈姆雷特用民谣中的唱词讽刺他是因大意而牺牲自己女儿的耶弗他,波隆尼尔无言以对,正不知如何是好时,戏班子的演员们走了进来。

"欢迎众位师傅。"哈姆雷特说道,并一一与众演员打招呼问候,如同老友见面一样。他要求演员们表演了一段特洛伊国王被杀和王后悲痛欲绝的片段。演员们演得惟妙惟肖、情真意切,使在场的人都感动得不禁流下了热泪。波隆尼尔见演员演得过于投入,泪水汪汪,脸色都变了,请求让他们别再演下去了。"好吧,今天就到此为止吧。波隆尼尔,请你把这些师傅们安顿好,好好招待他们。"哈姆雷特说。

"殿下,我会好好招待他们的。"波隆尼尔答道。

"朋友们,请随他下去好好休息吧,我希望你们明天能再来演出一场,而且要加入我写的一段剧情。"哈姆雷特冲着演员们说道。

"好的,陛下。"演员们答道。

说完,波隆尼尔便带领众演员退了下去。

"好朋友们,欢迎你们来到艾辛诺尔,现在我就向你们告别。"哈姆雷特又对罗生克兰与盖登思邓说。

"好的,殿下。"罗生克兰与盖登思邓也退了下去。

此时,只剩下哈姆雷特一人,他自言自语道:"现在就剩下我一个人了。我是个恶人,是个蠢材。真是不可思议,这个演员居然可以把一个虚构的故事,一份伪装的感情,表演得如此淋漓尽致。他的脸色可以随意苍白,热泪可以泉涌,神情可以仓皇,声音可以抖颤,姿态可以传神。他与自己扮演的角色毫不相干,却可以感同身受。倘若把他换成我,身上背负着足以令人悲愤的理由和动机,那他又会怎样?他一定会把此戏台用泪水淹没,同时将那骇人的听闻公布于众,令戴罪者疯狂,无罪者惊愕,愚钝者惶惑。而我,却是一个懒散无用的家伙,无法为父亲做任何事,只能用肮脏的语言来咒骂。如果有谁能使我振作,无论何种酷刑,我都愿意忍受。据说,当犯罪者看戏时,有时逼真的剧情能使他突然天良发现,当场忏悔自己的过错。我要让这班演员们在叔父面前演出父亲遇害的过程,那时我可以注意他的反应,观察他的一举一动,然后再决定该怎么做。"

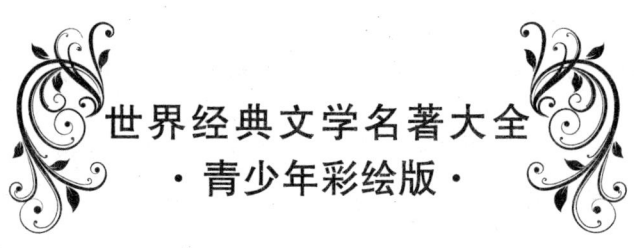

六

戏"说"真相

罗生克兰告诉国王和皇后,王子要求戏班今夜为他演出。国王听了很高兴,要求罗生克兰等人多鼓励王子往此方面发展。

第二天一大早,哈姆雷特就前来指导演员晚上如何演戏。这时,波隆尼尔、罗生克兰及盖登思邓走了进来,告诉哈姆雷特国王和皇后接受邀请,今晚都会前来看戏。他们离开后,哈姆雷特找来了赫瑞修。在他眼中,赫瑞修是个善良稳重的人,是唯一一个可以信任的人。他要求赫瑞修在晚上看戏时,仔细观察克劳地的神情。

晚上，克劳地携皇后及一干朝臣贵族来到哈姆雷特的住处，一阵寒暄过后，哈姆雷特坐到了欧菲莉亚身边，故意做出一些迷恋暧昧的举止来迷惑众人。

演出开始了，这出戏叫做"捕鼠器"，隐含捕捉人的灵魂之意，是根据维也纳的一件谋杀案改编的，情节大致是这样的：有个公爵名叫巩查哥，他的夫人叫芭蒂丝塔。公爵的一个弟弟名叫陆西亚诺，他为了图谋公爵的田产和权位，趁着公爵在花园里睡觉的时候，把毒药灌进他的耳中将他毒死。然后又向公爵的妻子求爱。开始她没答应。后来，终于答应了他的请求，两人结了婚。

戏一开始，巩查哥和妻子上场。他们恩爱无比，妻子一再向丈夫发誓表白，两人海誓山盟。演到这里，哈姆雷特偷偷望了一眼叔叔克劳地，发现他的脸色有些变化，但并不十分明显。他再看看自己的母亲，发现母亲似是哑巴吃黄连，有苦说不出。

戏继续往下演，当剧中的陆西亚诺在花园里毒死巩查哥时，国王有些坐不住了，因为这个情节和他毒死自己哥哥的罪恶行为太相像了。这时，这个篡夺王位、霸占王后的罪人，受到了强烈的刺激。他大叫一声："快给我点起火把来，我要回去！"波隆尼尔赶紧替国王传谕："戏不要演下去了，快给国王点起火把！"众人一哄而出，只剩下哈姆雷特与赫瑞修。从克劳地慌张的行为举止中，他们终于能确定鬼魂所说的一切都是真的。

此时，罗生克兰与盖登思邓再次走了进来，他们告诉哈姆雷特国王回去后很不舒服，而皇后显得异常焦急，她派遣他们来传达旨意，希望在哈姆雷特安睡前能与她在她寝室里谈话。哈姆雷特答应了，但却没有立即前去，而是要求盖登思邓用箫吹支曲子。盖登思邓一再推辞，声称自己根本不会吹箫。哈姆雷特生气地说道："你竟然轻视我，你认为自己可以轻易地玩弄我，窥探我心中的秘密,但却玩弄不了区区一把箫,难道你觉得我比一根木管还容易玩弄?"

　　罗生克兰与盖登思邓吓得不敢出声。这时,波隆尼尔走了进来,催促哈姆雷特马上去见皇后。"我马上就来。"哈姆雷特说道,然后他屏退了所有人。他暗想:"复仇的时刻终于来临了。但我要先去见见自己的母亲,我要忍住,千万不能对母亲痛下杀手。"

世界经典文学名著大全
·青少年彩绘版·

七

秘密会谈

　　从哈姆雷特那儿回来,罗生克兰与盖登思邓立即来到国王处汇报。克劳地要他们做好随哈姆雷特一起去英格兰的准备。"我们会尽快准备,陛下。"二人恭敬地答道,然后退了下去。紧接着,波隆尼尔走了进来,告诉克劳地王子去了皇后的寝室,自己可以前去偷听。克劳地听了,对波隆尼尔的忠诚深表满意。刺探内幕是波隆尼尔的特长,他在朝廷钩心斗角的生活中混了这么多年,直到晚年,他还是喜欢用间接或狡猾的手段来干这种勾当。

　　波隆尼尔退出后,便前去皇后的寝室,藏在了帷帐后面。独自留在房间里的克劳地,内心却无法平静,他知道自己的双手已经沾满了罪恶,即使是天堂的圣水也无法洗清他的罪孽,忏悔对于他来说,已经失去了意义,自己的灵魂已经被紧紧地束缚住。

再说哈姆雷特,他来到母亲的寝室。"母亲,您叫我来有什么事?"哈姆雷特问道。

"哈姆雷特,你深深地触犯了你的父亲——现在的国王克劳地。"

"可是,母亲,你却深深地触犯了我的亲生父亲。"

"你怎么能用如此口气对我说话?"皇后有些生气。

"没有呀,您是一国之后,你丈夫弟弟的妻子。如果不是这样,您也还是我的母亲。"哈姆雷特回答。

"好,既然你要如此,那我就去找能和你说话之人来。"皇后生气地站起来想走,却被哈姆雷特拦住,狠狠地摁在了椅子上,顺手拿起一面镜子,说道:"坐下来,不要动。我要把这面镜子放在你面前,让你看一看你自己的灵魂。"惊慌失措的皇后以为哈姆雷特要杀她,惊恐地大喊,躲在帷帐后的波隆尼尔也开始呼救。哈姆雷特以为是克劳地躲在那里,一剑刺死了他。发现波隆尼尔死了,皇后惊叫起来:"啊呀!你干了一件多么鲁莽而残忍的事啊!"哈姆雷特并不惊慌,他回答说:"不错,母亲,这是一件残忍的事。但并不比你干的事更坏。你杀了一个国王,嫁给了他的弟弟。你做的事叫上天羞愧,叫大地厌弃。"说完,他又拿出两幅画像:一幅是已经死去的国王,他的父亲,她的第一个丈夫。另一幅是现在的国王,他的叔父,她的第二个丈夫。他先指着第一幅画像说:"你瞧,他的面孔多么慈祥,多么气宇轩昂。卷发像太阳神,前额像天神,眼睛像战神,他曾经是你的丈夫。"他又拿起第二幅画像,指着说:"你再瞧这幅像,他像是害虫,又像是毒菌。是他把自己的亲哥哥杀害了。你怎么能和这样的人一起生活得下去，怎么能给这个谋害你头一个丈夫，又用欺骗手段窃取了王位的人做妻子呢！"皇后听了哈姆雷特的这番话，感到很惭愧。

这时，老国王的鬼魂又出现了，鬼魂提醒哈姆雷特不要忘了报仇，也不要忘了他从前对他说过的不要伤害母亲的话。哈姆雷特流着泪点点头。皇后看不到鬼魂，以为哈姆雷特又开始发疯，自言自语。她不相信老国王鬼魂出现的事情，认为那完全是儿子脑中所虚构的事，是一种幻觉。

"母亲，请相信我，我所说的都不是疯话。请您诚恳地向上天忏悔吧，以避免遭受报应。"哈姆雷特泪流满面地说道，她请求母亲以后不要再跟克劳地这个恶棍在一起，不要对他尽妻子的义务，更不要把自己装疯的事情告诉他。皇后听了，有些动容。

哈姆雷特知道自己将被遣送至英格兰，随行的还有心怀鬼胎的罗生克兰和盖登思邓，于是决定将计就计。他与母亲结束谈话，拖着波隆尼尔的尸首离开了皇后的寝室。

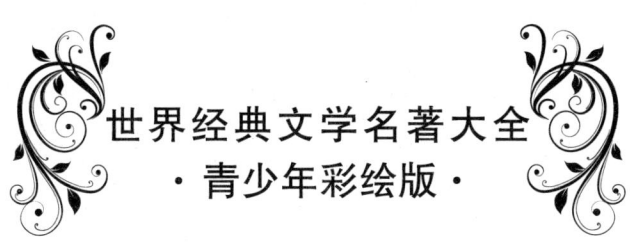

八

冲突迭起

没过多久,国王来到了皇后的寝室。看到凌乱的屋子和惊魂未定的皇后,克劳地认定这里一定发生了什么大事。"到底怎么回事?"他问道。

皇后把哈姆雷特突然发狂,杀死了躲在帷帐后的波隆尼尔的事和盘托出。得知哈姆雷特已经将波隆尼尔的尸体拖走,克劳地决定立即把哈姆雷特送到英格兰。他写了一封信,派罗生克兰与盖登思邓押解着哈姆雷特,取道水路到英国去。名义上说是为了哈姆雷特的安全,让他离开这里,免得因波隆尼尔的死而受到处分。实际上是想借英国朝廷的刀杀死哈姆雷特。当时,英国是向丹麦纳贡的属国。丹麦新国王克劳地给英国朝廷写了一封信,信中写着,等把哈姆

雷特押解到英国,英国应当立即把他杀掉。

  罗生克兰与盖登思邓带着信,押解着哈姆雷特,乘上了前往英格兰的船。哈姆雷特知道这是个阴谋。夜间,等罗生克兰与盖登思邓睡着了,他把克劳地写给英国的信拆开看了,果然是要英国朝廷杀死他。他巧妙地把自己的名字改换成押解他的两个人的名字,然后又把信封好放回原处。

  出海不到两天,哈姆雷特一行人就受到一艘非常凶猛的海盗船追击。哈姆雷特登上海盗的船与他们搏斗,结果却成了海盗的俘虏,与押解他的罗生克兰等人分开了。

  罗生克兰等人认为哈姆雷特早晚要死,就没有去追赶海盗。只管带着国王克劳地的信到英国去了。他们仗恃着自己是国王的心腹大臣,心想一到英国就会受到礼遇,一定可以得到许多好处。他们来到英国,交上国王的书信。英国朝廷看过信,二话没说,就把他们推出去斩了。这两个人直到被斩首都不知道是为什么死的。

  哈姆雷特被俘虏后,并没有被处死,颇具侠义精神的海盗,很佩服他高超的武艺和过人的胆识。当他们了解到哈姆雷特的身世之后,不仅没有伤害他,反而答应把他送回丹麦。

  自从哈姆雷特被押解着逐出丹麦之后,和他相爱的姑娘欧菲莉亚受到了沉重的打击。哈姆雷特离开丹麦不久,她就精神失常了。后来她听说她父亲是死于她所爱着的哈姆雷特之手,她的神经更加错乱了。她到处跑着,喊着,整天手捧鲜花抛撒着。一会儿说是为父亲献的葬礼,一会儿又说是献给自己心爱的人。

  这天,克劳地收到消息,得知哈姆雷特还活着,并且已经回到丹麦,正感到震惊时,外面传来一阵骚乱,原来是欧菲莉亚的哥哥雷尔提率领自己的部下,闯

进皇宫,他要求国王交出自己的父亲。克劳地告诉雷尔提他的父亲已经死了,凶手就是哈姆雷特。

"那么,你打算如何为自己的父亲报仇呢?"克劳地问道。

"我要在教堂里割破他的喉咙。"雷尔提满腔怒火地答道。

"杀人是要受到惩罚的,为了免于处分,你可以与哈姆雷特决斗。在决斗前,把毒药涂在剑锋上,只要被这种涂过毒药的剑划破一点小口子,毒药就会侵入体内,药性一发作就得死去,没有任何办法能够救治。"克劳地建议道。

"好吧,就这么办。"雷尔提认为这是一个不错的主意。

两人正谋划着如何害死哈姆雷特,皇后悲伤地走了进来,她带来了欧菲莉亚溺死的不幸消息。原来欧菲莉亚采摘了许多鲜花,扎成一个大花环。然后又爬到河边的大柳树上,要把花环挂到高高的柳树枝上。不想她把一个树枝踩断了,她和花环一起掉落到深深的河水中。她唱着歌,慢慢地沉了下去。雷尔提听了,泪水无法遏制地如泉水般涌出,发了疯一样地冲了出去。

九
阴谋对决

哈姆雷特回到丹麦，正碰上两位掘坟工人，他们一边掘坟一边唱歌。他对他们的行为感到很愤怒，眼看着他们抛出一个个头颅，哈姆雷特终于忍不住了，他走到掘坟工人身边，询问他们在为谁挖坟，掘坟工人只告诉他是个女人。

哈姆雷特正想进一步询问，却看到国王、皇后、祭司、雷尔提及众侍从携棺木到来，他赶紧躲了起来。当发现死者是欧菲莉亚时，哈姆雷特悲痛欲绝，他不顾一切地冲了出去。

雷尔提看到来人竟然是哈姆雷特，立刻怒火中烧，他知道，他父亲是死于哈

姆雷特之手,而妹妹的死也和哈姆雷特有关。他大步跨到哈姆雷特跟前,掐住哈姆雷特的脖子,两人很快撕扯扭打在一起,国王赶紧下令,让众人将他们俩分开。哈姆雷特悲痛地奔出了墓园。国王安抚雷尔提,答应会尽快安排他们决斗。

哈姆雷特将自己出海的经历告诉了好友赫瑞修,赫瑞修悲愤异常。两人正说着,一个朝臣带来了雷尔提要与哈姆雷特决战的消息。哈姆雷特接受了雷尔提的挑战。他无论如何也想不到这是他叔父为除掉他而布下的圈套。

哈姆雷特和雷尔提两人的剑术都非常好。决斗时,按照规定,双方都应当使用圆头钝剑。哈姆雷特拿到的正是这种圆头钝剑,可是雷尔提使用的剑却是国王克劳地派人给他特别准备的,不仅是尖头利剑,而且在剑锋上涂上了毒药。克劳地派人作了这一系列的准备还不放心。他怕万一雷尔提伤不着哈姆雷特,那时他要除掉哈姆雷特的计划就不能实现,于是又让人特别准备了一杯毒性猛烈的饮料。他的用意是,即使哈姆雷特没有被毒剑击中,让他喝了这杯毒性饮料,也能把他毒死。为了怂恿雷尔提对哈姆雷特下毒手,他又故意下了很大的赌注,鼓励雷尔提尽全力拼杀。

决斗就要开始了,哈姆雷特拿了一把比赛的圆头钝剑,他要正大光明地和雷尔提比剑。正直的人从来不会想到别人会耍阴谋诡计。既然比赛的准备早有人安排好了,何必还要自己去操心呢。因此,哈姆雷特也想不到要去检查一下雷尔提使用的是什么样的剑。

决斗开始了。第一回合哈姆雷特击中了雷尔提。正要开始第二回合,国王克劳地突然打断,他将加了毒药的酒递给哈姆雷特,假意要为他祝贺。"请暂且把它搁在一边,让我先斗完这回合再说。"哈姆雷特谢绝了。

第二回合,又是哈姆雷特赢了。克劳地心有不甘,可表面上却为哈姆雷特高兴,大喊:"我的儿子将要赢啦。"皇后葛簇特为儿子擦去额头的汗,举起酒杯要为儿子庆祝,当然,她并不知道自己举起的是一杯毒酒。她不顾克劳地的劝阻,一饮而尽,而哈姆雷特这次仍没有喝。

第三度交锋,两人纠缠扭打在一起,结果却打了个平手。雷尔提不服气,趁哈姆雷特不备,刺了哈姆雷特一剑。哈姆雷特因被雷尔提偷袭而受伤,所以怒火中烧,持剑猛攻。一阵混乱中,双方的剑都落在地上,然后他们分别把对方的剑捡起。

再次交锋,哈姆雷特用毒剑刺伤了雷尔提。雷尔提受了这一剑之后,懊恨极了。他知道自己剑上涂了毒药,他也清楚地知道自己必死无疑了。他哀叹着说:"唉,我正像一只自投罗网的鸟,我用诡计害人,反而害了自己,这也是我应得的报应。"

这时,皇后忽然中毒倒在地上。人们不知这是怎么回事,问道:"皇后,您怎么了?"

国王克劳地明知她是误饮了毒酒中毒倒下的,却故意掩饰说:"她可能是看到哈姆雷特和雷尔提都流了血,吓得晕过去的。"王后在地上有气无力地说:"不,不,那酒,那酒!喔,我的亲爱的哈姆雷特,那杯酒里有毒。"说完,皇后便死了。

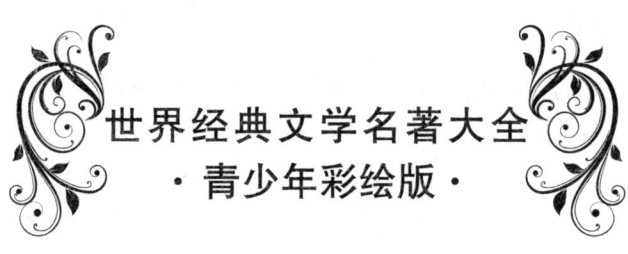

十

王子复仇

哈姆雷特看到这一切,知道其中必有阴谋。他吩咐下人把门关起来,一定要查个水落石出。这时倒下的雷尔提摆摆手说:"不用查了,凶手就是国王。他为了让我杀死你,在我使用的剑上涂了毒药,而且还准备了毒酒。现在我们俩都受了毒剑的伤,都活不到半个钟头了。你母亲是喝了国王准备的毒酒才死的。"雷尔提此时悔恨不已。

哈姆雷特此时才幡然醒悟,他知道自己就要死了,但是他不甘心,因为自己还没有为父亲报仇。想到这里,他拿起那柄涂有毒药的剑,趁着自己身上的药性还没发作,飞步奔向国王,用力向着这个奸诈的国王的胸膛刺去。受了重伤的克劳地四处呼救。

"你这个恶毒的丹麦王,尾随我的母亲去吧!"哈姆雷特大喊一声,将毒酒强行灌入克劳地的口中。

"这是他的报应,毒酒是他调的。高贵的哈姆雷特呀,让我们来互换宽恕吧!我不怪你杀死我和我父亲,你也别怪我把你杀死。"雷尔提说完便死了。

克劳地也倒下了,哈姆雷特终于实现了替父报仇的诺言。此时,哈姆雷特全身的力气差不多都用完了,他倒在地上,等待死亡的降临。他对众位朝臣说:"你们有人面色苍白,有人为此惨变而战栗,但是,你们仍然只是无言的旁观者。""赫瑞修,我亲爱的朋友,我要死了,请你把我的故事告诉那些不知底细的民众们。"哈姆雷特转头对着赫瑞修说。

"别说这些了,我虽身为丹麦人,但是我的内心却像个宁可自杀,绝不受辱的罗马人。"说着,就拿起剩下的毒酒打算喝下去。

"如果你是个男子汉,就把杯子给我。"哈姆雷特用尽力气打翻赫瑞修手中的酒杯,"如果无人能来揭发此事的真相,我的名誉将会永远受损,倘若你曾爱我,那就请暂时留在这冷酷的人间,告诉世人我的故事吧。"

赫瑞修悲痛地答应了哈姆雷特的请求。

正在这时,远处传来军歌与炮声,原来是挪威王子福丁布拉远征波兰后班师回朝,为英国大使鸣炮行礼。

"哦,我将死了,赫瑞修,剧毒已经侵蚀了我的灵魂,我将无法活着听到来自英国的消息了。不过,我预测福丁布拉将被推举为丹麦王,请你告诉他这里所发生的一切事故。"说完,哈姆雷特就死了。

"哦，一颗高贵的心，此时已经碎了。安息吧，我尊贵的王子。"赫瑞修此时已经泣不成声。

此时，福丁布拉率众军士，携众英国大使，走了进来。

"盛大的比赛是在何处举行？"福丁布拉问。

"您想看什么？您若想看凄惨骇人的景象，那您便无须再找了，就在这里。"赫瑞修答道。"既然你们已从波兰的沙场及英格兰赶来此处，在此血腥的时刻，请你们下令把这些尸体安置于一个高台上，让众人瞻顾，并让我向那些不知情的世人们讲解此事发生的过程。"赫瑞修继续说道。

"希望我们能尽快听到这事的情节。"福丁布拉说道，他让四位军官把哈姆雷特的遗体以军礼抬上高台，并以响亮的军歌及隆重的军仪向哈姆雷特致敬。

哈姆雷特虽然死了，可是却赢得了大家的尊重与爱戴，有关这位年轻王子的许多动人的故事，至今还被人们广为流传。

裘力斯·恺撒

一

阴谋离间

公元前49年,罗马共和国"前三人执政"之一的恺撒,打败另一位执政者庞培,此时的恺撒实际上已经独揽罗马大权。

这天,为了欢迎恺撒凯旋而归,热情的民众纷纷涌上街头。为了维护好秩序,护民官弗莱维斯和马鲁勒斯真是忙得焦头烂额。"去!回家去,你们这些懒得做事的东西,回家去。今天是放假的日子吗?嘿!你们难道不知道,你们做手艺的人,在工作的日子走到街上来,一定要把你们职业的符号带在身上吗?说,你是干哪种行业的?"弗莱维斯不耐烦地喊道。看到护民官大人有些生气,规规矩矩的市民们纷纷自报职业,他们中有的是木匠,有的是粗工匠,有的是补鞋匠。他们虽然职业各异，但走上街头的目的却是一致的，那就是迎接恺撒，庆祝他的凯旋。马鲁勒斯听了他们的话，不以为意，说道："为什么要庆祝呢？他带了些什么胜利回来？他的战车后面缚着几个献地称臣的俘囚君长？你们这些木头石块，冥顽不灵的东西！冷酷无情的罗马人啊，你们忘记了庞培吗？好多次你们爬到城墙上、雉堞上，有的登在塔顶，有的倚着楼窗，还有人高踞烟囱的顶上，手里抱着婴孩，整天坐着耐心等候，只是为了要看一看伟大的庞培经过罗马的街道。当你们看见他的战车出现的时候，你们不是齐声欢呼，使台伯河里的流水因为听见你们的声音在凹陷的河岸上发出反响而战栗吗？现在你们却穿起了新衣服，放假庆祝，把鲜花散布在踏着庞培的血迹凯旋回来的那人的路上吗？快去！奔回你们的屋子里，跪在地上，祈祷神明饶恕你们的忘恩负义吧，否则上天的灾祸一定要降在你们头上了。"他的口气中充满了愤怒。市民们被说得哑口无言，一个个略感惭愧地离开了。

对恺撒的行为极度不满的弗莱维斯和马鲁勒斯决定分头行动，把恺撒雕像上披着的锦衣彩饰，都撕下来，并驱散街上庆祝胜利的民众。在他们看来，应当趁早剪拔恺撒的羽毛，让他无力高飞。要是他羽翼丰满了，一飞冲天，那么所有人都要在他的足下俯伏听命了。

这个时候，奏乐响起，大批群众开始沸腾，原来是恺撒在妻子凯尔弗妮娅以及凯歇斯·凯斯卡·勃鲁托斯等众臣的簇拥下率领自己的军队徐徐而来。"凯尔弗妮娅！"恺撒突然喊自己的妻子。善于察言观色的部下凯斯卡看到恺撒有话要说，便立即命令乐师们停止奏乐。看了一眼在队列旁侧盛装奔走的安东尼，恺撒对妻子说："你等安东尼快要跑到终点的时候，就到跑道中间站在和他对面的地方。"凯尔弗妮娅点点头，紧接着恺撒又对一边的安东尼说："安东尼，你在奔走的时候，不要忘记用手碰一碰凯尔弗妮娅的身体，因为上年纪的人都说，不孕的妇人要是被这神圣的奔走中的勇士碰了，就可以解除乏嗣的咒诅。"

"我一定记得。您吩咐做什么事，就得立刻照办。"安东尼恭敬地答道。

"现在开始吧，不要遗漏了任何仪式。"恺撒吩咐道，奏乐声重新响起。

这时，有一个预言者来到恺撒身边，唤了他一声。凯斯卡再次命令乐声停止。"谁在人群中叫我？我听见一个比一切乐声更尖锐的声音喊着'恺撒'的名字。"恺撒不怒而威地问道。"留心三月十五日。"预言者说道。恺撒听了这话很好奇，便把预言者叫到身边，他不可置信地让预言者把刚才的话再说一遍，预言者又重复了一遍："留心三月十五日。"恺撒对预言者的话不屑一顾，认为他是个做梦的人，并不再理会他。

此时凯歇斯对勃鲁托斯劝道："您不去看看赛跑吗？"

"我不喜欢干这种陶情作乐的事；我没有安东尼那样活泼的精神。不要让我打断您的兴致，凯歇斯，我先走了。"勃鲁托斯坚持自己的想法。

凯歇斯以为勃鲁托斯讨厌他这个妹夫，说道："勃鲁托斯，我近来留心观察您的态度，从您的眼光之中，我觉得您对于我已经没有从前那样的温情和友爱，您对于爱您的朋友，太冷淡而疏远了。"勃鲁托斯赶紧解释自己并不是针对凯歇斯，只是近来他自己有一些烦恼，为某种情绪所苦，所以在言行举止上有一些反常。他一直把凯歇斯看作好朋友，恳请凯歇斯不要责怪自己。凯歇斯略带歉意地说道："勃鲁托斯，我大大地误会了您的心绪了。我因为疑心您对我有什么不满，所以有许多重要的值得考虑的意见我都藏在自己的心头，没有对您提起。告诉我，好勃鲁托斯，您能够瞧见您自己的脸吗？"

"不，凯歇斯，眼睛不能瞧见它自己，必须借着反射，借着外物的力量。"勃鲁托斯说道。

"不错，勃鲁托斯，可惜您却没有这样的镜子，可以把您隐藏着的贤德照到

您的眼里,让您看见您自己的影子。我曾经听见那些在罗马最有名望的人——除了不朽的恺撒以外——说起勃鲁托斯,他们呻吟于当前的桎梏之下,都希望高贵的勃鲁托斯睁开他的眼睛。"凯歇斯奉承道。

勃鲁托斯听出凯歇斯的话中别有深意,惊奇地说道:"凯歇斯,您要我在我自己身上寻找我所没有的东西,到底是要引导我去干什么危险的事呢?"

"好勃鲁托斯,留心听着吧。您既然知道您不能瞧见您自己,不像在镜子里照得那样清楚,我就可以做您的镜子,并不夸大地把您自己所不知道的自己揭露给您看。不要疑心我,善良的勃鲁托斯,我不是一个胁肩谄笑之徒,惯用千篇一律的盟誓向每一个人陈述我的忠诚;我也不是一个当着人家的面向他们献媚,把他们搂抱,背地里却诽谤他们的人;我更不是一个常常跟下贱的平民酒食征逐的人。所以,请不要认为我是一个危险分子。"凯歇斯赶紧表白自己的真心。

这时,一阵震耳欲聋的欢呼声响起,在勃鲁托斯看来,这是人们要拥护恺撒称王的预兆,他有些慌了,因为他喜爱光荣的名字,甚于恐惧死亡,他认为恺撒称王,将有损大众的利益。凯歇斯看出了他的心思,故意问道:"您怕恺撒称王吗?那么看来您是不赞成这事了。我不知道您和其他的人对于他抱着怎样的观念,可是就我个人而言,假如要我为了自己而担惊受怕,那么我还是不要活着的好。我生下来就跟恺撒同样的自由,您也是一样。我们都跟他同样地享受过,同样地能够忍耐冬天的寒冷。"说到这儿,凯歇斯陷入了回忆,他向勃鲁托斯讲述了一件发生在他和恺撒之间的事:"在一个狂风暴雨的白昼,台伯河里的怒浪正冲击着堤岸,恺撒对我说:'凯歇斯,你现在敢不敢跟我跳到这汹涌的波涛里,泅到对面去?'我一听见他的话,就穿着随身的衣服跳了下去,叫他跟着我,他也跳了下去。那时候滚滚的急流迎面而来,我们用壮健的臂力拼命抵抗,用顽强的心破浪前进;可是我们还没有达到预定的目标,恺撒就叫起来说:'救救我,凯歇斯,我要沉下去了!'于是,我把力竭的恺撒背出了台伯河的怒浪。可如今,他却成了一尊天神一样的人物。"凯歇斯有些许不服气,继续说道:"他在西班牙的时候,曾经害过一次热病,他懦怯的嘴唇失去了血色,他的呻吟声显得那么无力,就像一个害病的女儿一样。神啊,像这样一个心神软弱的人,却会征服这个伟大的世界,独占着胜利的光荣,真是让我想不到的事。"

两人正说着,又一阵欢呼声传来。凯歇斯趁机继续挑拨勃鲁托斯与恺撒的关系,他说:"嘿,老兄,他像一个巨人似的跨越这狭隘的世界,我们这些渺小的凡人一个个在他粗大的两腿下行走,四处张望着,替自己寻找不光荣的坟墓。'恺撒'那个名字又有什么了不得?为什么人们只是提起它而不提勃鲁托斯?把这两个名字写在一起,您的名字并不比他的难看,放在嘴上念起来,它也一样顺口,称起重量来,它们是一样的重;要是用它们呼神召鬼,'勃鲁托斯'也可以同样感动幽灵,正像'恺撒'一样。要是罗马给一个人独占了去,那么它真的变成无人之境了。啊!你我都曾听见我们的父老说过,从前罗马有一个勃鲁托斯,不愿让他的国家被一个君主所统治,正像他不愿让它被永劫的恶魔统治一样。"

勃鲁托斯因凯歇斯的话而有所触动,也明白了他话中的深意,凯歇斯是在鼓动自己叛乱。可是,他却不打算现在就表明自己的立场,也不愿作进一步的表示或行动。不过,他答应会仔细考虑这件事,他说:"等有了适当的机会,我一定洗耳以待,畅听您的高论,并且还要把我的意思向您提出。在那个时候没有到来以前,我的好友,请您记住这一句话:'勃鲁托斯宁愿做一个乡野的贱民,也不愿在这种将要加到我们身上来的难堪的重压之下自命为罗马的儿子。'"

凯歇斯听了,心中暗喜,因为他知道自己的言辞已经在勃鲁托斯的心中激起了一点点火花。

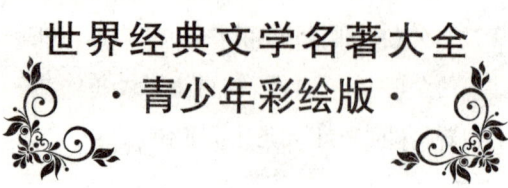

二

罗织陷阱

恺撒向他的将军安东尼表达了自己对凯歇斯的不满,他认为凯歇斯心思太多,是个危险人物。安东尼安慰道:"别怕他,恺撒,他没有什么危险。他是一个高贵的罗马人,有很好的天赋。"但是,恺撒却坚持认为凯歇斯是个令人不安的家伙,在他看来,凯歇斯眼光很厉害,能够窥测他人的行动,而且从来不沉迷于游戏娱乐。要是看见有人高过自己,凯歇斯心里就会觉得不舒服,所以他是很危险的。

为了了解具体情况,勃鲁托斯询问了跟随在恺撒身边的凯斯卡。原来民众所有的欢呼都是因为安东尼献给恺撒一顶王冠,而他却用手背一摆拒绝了。其实恺撒并不是不愿接受王冠,他只是采取了欲擒故纵的手段,在他违心拒绝王冠时,分明让人感到一种恋恋不舍。在看到民众的反应时,恺撒又以装病来掩饰自己的情绪。用凯斯卡的话说,那情景简直就是一幕滑稽丑剧。凯斯卡还告诉勃鲁托斯和凯歇斯,马鲁勒斯和弗莱维斯因为扯去了恺撒像上的彩带,已经被剥夺了发言的权利。听了凯斯卡的话,凯歇斯与凯斯卡约定第二天一起吃饭。

凯斯卡离开后,勃鲁托斯表达了对恺撒的不满,认为恺撒越来越乖僻了。凯歇斯赶紧接话,他说:"他现在虽然装出这一副迟钝的样子,可是干起勇敢壮烈的事业来,却不会落人之后。他的乖僻对于他的智慧是一种调味品,使人们在咀嚼他的言语的时候,可以感到一种深长的滋味。"

勃鲁托斯离开后,狡猾的凯歇斯暗想:"勃鲁托斯是个仁人义士,可是却太容易受人蛊惑了。恺撒对我很不好,可是却很喜欢勃鲁托斯。如果我与他身份调换,我就不会被别人怂恿。今天晚上我要模仿几个人的不同的笔迹,写几封匿名信丢进他的窗里,假装那是好几个市民写给他的,里面所说的话,都是指出罗马人对于恺撒抱着多大的信仰,同时隐隐约约地暗示着恺撒的野心。我这样布置好了以后,让恺撒坐得安稳一些吧,因为我们倘不能把他摇落下来,就要忍受更黑暗的命运了。"

在一个雷电交作的夜晚,西塞罗看到失魂落魄的凯斯卡手拿宝剑,迎面朝自己走来。西塞罗很奇怪,便走上前去询问发生了什么事。凯斯卡说他看到一个浑身燃着火焰的男子,还遇到了一头发怒的狮子,甚至见到夜枭停留在市场上,发出凄厉的鸣声。他认为这种种不可思议的自然现象,预兆着将有什么重大的变故发生。西塞罗认为这些现象都是可以解释的,不必大惊小怪,他劝了劝凯斯卡便离开了。紧接着,凯斯卡又把这件事告诉了凯歇斯。凯歇斯危言耸听地说道:"一切怪异的天象都是上天用来警告人们预防着将要到来的一种非常的巨变。凯斯卡,我现在可以向您提起一个人的名字,他就像这个可怕的夜一样,能够叱咤雷电,震裂坟墓,像圣殿前的狮子一样怒吼,他在个人的行动上并不比你我更强,可是他的势力已经扶摇直上,变得像这些异兆一样可怕了。"凯斯卡知道凯歇斯在暗指恺撒,因为元老们准备立恺撒为王,显然,凯斯卡也不赞成恺撒成为意大利的独裁者。凯歇斯以争取自由为名,说服了凯斯卡加入反抗恺撒的斗争中。

两人正讨论着,凯歇斯的同盟者西那走了过来。西那提醒凯歇斯要尽快把勃鲁托斯拉拢入伙。凯歇斯将伪造的匿名信递给西那,要他放到勃鲁托斯看得见的地方,而自己则准备和凯斯卡一起去见勃鲁托斯,争取他的支持。

坐在自家花园里的勃鲁托斯,此时心情矛盾而复杂。他对恺撒并没有私怨,并不想杀害恺撒,但是他又坚持维护大众的利益。勃鲁托斯并不否认恺撒是一个很理智的人,只是微贱往往是初期野心的阶梯,当他一旦登上了最高的一级之后,他便不再回顾那梯子,他的眼光仰望着云霄,瞧不起他从前所恃为凭借的低下的姿态。恺撒何尝不会这样?为了怕他有这一天,勃鲁托斯觉得必须早一点防备。

这时,勃鲁托斯的仆人把在阳台发现的信给主人送了过来。勃鲁托斯打开信,信中请求勃鲁托斯尽快觉悟,拯救罗马人民,拯救整个国家。勃鲁托斯念完信感慨道:"自从凯歇斯鼓动我反对恺撒那一天起,我一直没有睡过。在计划一件危险的行动和开始行动之间的一段时间里,一个人就好像置身于一场可怖的噩梦之中,遍历种种的幻象。我的精神和身体上的各部分正在彼此磋商,整个的身心像一个小小的国家,处在叛变突发的前夕。"

凯歇斯此时率领自己的同盟者们前来拜见勃鲁托斯，他们刚要盟誓表明自己反抗恺撒的决心，勃鲁托斯阻止了他们，在他看来，只要理由光明正大，众人守口如瓶、言而有信，彼此之间坦诚相待，根本不需要发誓，他说："我相信我们眼前这些人心里都有着可以使懦夫奋起的蓬勃怒焰，都有着可以使柔弱的妇女变为钢铁的坚强勇气。作为一个罗马人，要是对于他已经出口的诺言略微有一点违背之处，那么他身上光荣地载着的每一滴血，就都要蒙上数重的耻辱。"他们终于结成同盟，准备共同反抗恺撒。

"安东尼是一个诡计多端的人，你们知道要是他利用他现在的力量，就可以给我们带来极大的阻梗。为了避免那样的可能发生，让安东尼跟恺撒一起丧命吧。"凯歇斯建议道。可是他的意见却得到了勃鲁托斯的反对，他认为大家反叛的目的只是针对恺撒的独裁，恺撒必须为此付出血的代价，而安东尼不过是恺撒的一只胳臂，尽可不必把他放在心上，因为恺撒的头要是落了地，他这条恺撒的胳臂是无能为力的。如果恺撒死了，安东尼所能做的事情不过是忧思哀悼。

众人商量好计策后，便各自离开，分头行动。一场巨大的阴谋就此张开了它庞大的网。

勃鲁托斯的妻子鲍西娅是个聪明细心的女人，他发现丈夫最近行为怪异，脾气暴躁，心绪不宁，便寻根究底地问怎么回事，勃鲁托斯拗不过妻子的执著，将计划和盘托出，这令鲍西亚非常震惊，也开始变得焦躁不安起来。

而此时的恺撒也是心绪不宁，无法入眠，因为他的妻子凯尔弗妮娅在睡梦之中三次高声叫喊："救命！他们杀了恺撒啦！"他命令仆人去通知祭司们到神前献祭，以占卜吉凶。这时，凯尔弗妮娅走了过来，她劝说恺撒不要出门，因为最近出现了好多可怕的异象：一头母狮在街道上生产；坟墓裂开了口，放鬼魂出来；凶猛的骑士在云端里列队交战，他们的血洒到了圣庙的屋上；战斗的声音在空中震响，人们听见马的嘶鸣、濒死者的呻吟，还有在街道上悲号的鬼魂。刚愎自用的恺撒根本听不进去，他认为恐吓自己的东西只敢在自己背后装腔作势，一旦它们看见自己的脸，就会销声匿迹。他对妻子说："天意注定的事，难道是人力所能逃避的吗？我一定要出去，因为这些预兆不是给我一个人看，而是给所有的世人看的，在我所听到过的一切怪事之中，人们的贪生怕死是一件最奇怪的事情，因为死本来是一个人免不了的结局，它要来的时候谁也不能叫它不来。"

两人正争论不休时，仆人带回了祭司们的占卜结果，他们叫恺撒今天不要出外走动。可是，自负的恺撒还是坚持要出门，不想当一个懦怯的人。最后，在妻子凯尔弗妮娅的反复恳求下，恺撒终于答应暂不出门，这让他身边的人都舒了一口气。

恺撒把自己的决定告诉了勃鲁托斯，勃鲁托斯听了很诧异，询问是什么缘故。恺撒如实地告诉他说："我的妻子凯尔弗妮娅不放我出去。昨天晚上她梦见我的雕像仿佛一座有一百个喷水孔的水池，浑身流着鲜血，许多壮健的罗马人欢欢喜喜地都来把他们的手浸在血里。她认为这个梦是不祥之兆，所以跪着求我今天不要出门。"勃鲁托斯灵机一转，说道："这个梦完全解释错了，那明明是一个大吉大利之兆。您的雕像喷着鲜血，许多欢欢喜喜的罗马人把手浸在血里，这表示伟大的罗马将要从您的身上吸取复活的鲜血，许多有地位的人都要来向您要求分到一点余泽。这才是凯尔弗妮娅的梦的真正的意义。"眼见恺撒似被自己说动，勃鲁托斯继续说道："元老院已经决定要在今天替伟大的恺撒加冕。要是您叫人去对他们说您今天不去，他们也许会变了卦。而且这种事情给人家传扬出去,很容易变成笑柄的。"

恺撒终于被勃鲁托斯说服,决定前往神殿请愿。然而,此时的他并不知道,自己正一步步走向死亡的边缘。

世界经典文学名著大全
·青少年彩绘版·

三

惊天剧变

第二天一大早,心思各异的众人聚集到恺撒家,准备迎接恺撒前往圣殿。一场惊天剧变即将拉开帷幕。

气势威武的队列出发了。此时,在圣殿附近街道的一边,诡辩学者阿特米多勒斯正焦急地等待着恺撒的到来,他要把手中的信交给恺撒,信中揭露了一切阴谋造反的人的名单。他心想:"恺撒啊!要是你读了这封信,也许你还可以活命,否则命运也变成叛徒的同谋者了。"

与此同时,勃鲁托斯的妻子鲍西娅也如坐针毡,心绪难平,在门口踱来踱去。自从她知道了丈夫的计划,没有一天不担惊受怕,就像她自己说的"叫一个女人保守一桩秘密是一件多大的难事!"正当她不知所措时,一位预言者走了过来,他告诉鲍西娅,自己要去提醒恺撒注意安全。鲍西娅听了很心虚,感叹女人的心是一件软弱的东西,她现在唯一能做的,就是请求上天保佑勃鲁托斯的计划能够成功。

恺撒来到圣殿前面,阿特米多勒斯立即献上自己的信,说这封信与他本人有关,请求恺撒赶紧读一下。恺撒一听是有关自己的事,觉得应该放在最后处理,便没理会阿特米多勒斯,走进了圣殿。元老波匹律斯似是对凯歇斯等人的行动有所洞悉,但他却没有向恺撒告密。

计划开始了,他们首先把安东尼支开,然后是麦泰勒斯向恺撒请愿,请求他宽恕自己被放逐的兄弟,不出所料恺撒一口回绝了,显示了他的强势。"这儿难道没有一个比我自己更有价值的、在伟大的恺撒耳中更动听的声音,愿意为我的兄弟恳求撤回成命吗?"麦泰勒斯佯装无助地喊道,勃鲁托斯等一群人也趁势纷纷向恺撒请愿,请求他赦免麦泰勒斯的兄弟。恺撒可不吃这一套,他依然坚持己见,说道:"要是我也跟你们一样,我就会被你们所感动;要是我也能够用哀求打动别人的心,那么你们的哀求也会打动我的心。可是我是像北极星一样坚定,它的不可动摇的性质,在天宇中是无与伦比的。天上布满了无数的星辰,每一个星辰都是一个火球,都有它各自的光辉,可是在众星之中,只有一颗星卓立不动。在人世间也是这样,我知道只有一个人能够确保他那不可侵犯的地位,任何力量都不能使他动摇,那个人就是我。让我在这件小小的事上向你们证明,我既然已经决定把麦泰勒斯的兄弟放逐,就要贯彻我的旨意,毫不含糊地执行这一个成命,而且永远不让他再回到罗马来。"

凯歇斯等一干人佯装愤怒,持剑冲了上去,刺死了恺撒。然后他们大喊:"自由！解放！暴君死了！"场面顿时混乱起来，元老们都吓得失了魂；而民众们更是睁大了眼睛，乱嚷乱叫，到处奔跑，像是末日到来了一般。安东尼则趁乱逃回了自己的家。

成功了的勃鲁特斯把谋杀恺撒视为义举，他说："命运，我们等候着你的旨意。我们谁都免不了一死，与其在世上偷生苟活，拖延着日子，还不如轰轰烈烈地死去。"

凯斯卡很赞同他的说法，他说："切断了二十年的生命，等于切断了二十年在忧生畏死中过去的时间。"

"照这样说来，死还是一件好事。所以我们都是恺撒的朋友，帮助他结束了这一段忧生畏死的生命。弯下身去，罗马人，弯下身去，让我们把手浸在恺撒的血里，一直到我们的肘上，让我们用他的血抹我们的剑。然后我们就迈步前进，到市场上去，把我们鲜红的武器在我们头顶挥舞，大家高呼'和平，自由，解放'。"勃鲁托斯说道。

"后世的人们搬演今天这一幕的时候，将要称我们这一群为祖国的解放者。"凯歇斯说道。他呼吁大家用最勇敢纯洁的心跟随在勃鲁托斯的后面。

正当众人慷慨激昂时，安东尼的仆人奉命前来拜见勃鲁托斯，仆人说："勃鲁托斯，我的主人安东尼叫我跪在您的面前，他叫我对您说：'勃鲁托斯是聪明正直、勇敢高尚的君子，恺撒是威严勇猛、慷慨仁慈的豪杰。我爱勃鲁托斯，我尊敬他，我畏惧恺撒，可是我也爱他尊敬他。要是勃鲁托斯愿意保证安东尼的安全，允许他来见一见勃鲁托斯的面，让他明白恺撒何以致死的原因，那么安东尼将要爱活着的勃鲁托斯甚于已死的恺撒，他将要竭尽他的忠诚，不辞一切的危险，追随着高贵的勃鲁托斯。'这是我的主人安东尼所说的话。"

勃鲁托斯听了这话很高兴,他对仆人说:"你的主人是一个聪明勇敢的罗马人,我一向佩服他。你去告诉他,请他到这儿来,我们可以给他满意的解释,我用我的荣誉向他保证,他决不会受到丝毫的伤害。"

"我立刻就去请他来。"仆人说道。

仆人离开后,勃鲁托斯对凯歇斯说:"我知道我们可以跟他做朋友的。"

"但愿如此,可是我对他总觉得很不放心。我所疑虑的事情,往往会成为事实。"凯歇斯对安东尼还是不放心。

不一会儿,安东尼就来到了勃鲁托斯面前,一见面,他就装得既忠诚又可怜,他极力表白对恺撒的忠心,直言如果勃鲁托斯对他怀着敌视,就让他死在恺撒身边。果然,安东尼这招以情动人很有效,勃鲁托斯赶紧表明他们这些人的心是慈悲而仁善的,把恺撒杀死,只是因为不忍看见罗马的人民受到暴力的压迫。他要安东尼不必求死,他们愿意用一切的热情、善意和尊敬,张开他们友好的胳臂欢迎安东尼。勃鲁托斯请安东尼暂时忍耐,等他们把惊慌失措的群众安抚好了以后,就告诉安东尼为什么他们要采取这样的行动。"我们重新分配官职的时候,你的意见将要受到同样的尊重。"凯歇斯补充道。

安东尼听了心里窃喜,他把恺撒比作一头勇敢的鹿,整个世界是这头鹿栖息的森林,这头鹿是这一座森林中的骄子,但是它一不小心中了箭,被许多王子杀死了。勃鲁托斯等人并没听出安东尼话中的深意,这看似平淡的比喻,却暗含了对他们的讽刺,和对恺撒的赞美与爱戴。

安东尼表示愿意跟他们合作,他向勃鲁托斯提出请求,希望勃鲁托斯允许他把恺撒的尸体带到市场上去,让他以一个朋友的地位,在讲坛上为他说几句追悼的话。勃鲁托斯很爽快地答应了,可是凯歇斯却有些担心,他怕安东尼发表的追悼演说会感动民众们。勃鲁托斯却不这么认为，他有自己的想法，说道："只要我自己先登上讲坛，说明我们杀死恺撒的理由，并且声明安东尼将要说的话，事先曾经得到我们的许可，我们同意恺撒可以得到一切合礼的身后哀荣。这样不但对我们没有妨害，而且更可以博得舆论对我们的同情。"他不顾凯歇斯的劝阻，把恺撒的遗体给了安东尼，却不知为自己埋下了大患。

勃鲁托斯携众人离开后，安东尼面对着恺撒的遗体说道："你这有史以来最高贵的英雄的遗体，恕我跟这些屠夫们曲意周旋。愿灾祸降于这些凶手！你的一处处伤口，好像许多无言的嘴，张开了它们殷红的嘴唇，要求我的舌头替它们向世人申诉。"他发誓要揭露真相，替恺撒复仇。

这时候，奥克泰维斯的仆人前来拜访安东尼，仆人告诉安东尼，自己的主人前一阵收到恺撒的信，恺撒要主人动身赶来罗马。正说着，仆人看见了恺撒的遗体，非常震惊，他大喊一声："恺撒——"

"你的心肠很仁慈，你哭吧。情感是容易感染的，看见你眼睛里悲哀的泪珠，我自己也忍不住流泪了。你的主人就来吗？"安东尼说道。

仆人告诉安东尼，自己的主人今晚耽搁在离罗马二十多里的地方。安东尼决定先把尸体搬到市场上，用演说试探人民对于这些暴徒们所造成的惨剧有什么反应。然后再让仆人回去向奥克泰维斯报告所有事。

四

扭转局势

此时,市场上人声鼎沸,市民们都要求对这件事能得到一个满意的解释。勃鲁托斯登上讲坛,说道:"各位罗马人,各位亲爱的同胞们!请你们静静地听我解释。并不是我不爱恺撒,可是我更爱罗马。你们是愿意让恺撒活在世上,大家作奴隶而死呢,还是让恺撒死去,大家作自由人而生?因为恺撒爱我,所以我为他流泪;因为他是幸运的,所以我为他欣慰;因为他是勇敢的,所以我尊敬他;因为他有野心,所以我杀死他。我用眼泪报答他的友谊,用喜悦庆祝他的幸运,用尊敬崇扬他的勇敢,用死亡惩戒他的野心。"

市民们觉得他的解释合情合理,所以谁也没有提出异议。看见安东尼等人将恺撒的遗体抬了过来。勃鲁托斯说道:"安东尼护送着他的遗体来了。虽然安东尼并不预闻恺撒的死,可是他将要享受恺撒死后的利益,他可以在共和国中得到一个地位,正像你们每一个人都是共和国中的一分子一样。在我临去之前,我还要说一句话:'为了罗马的利益,我杀死了我的最好的朋友,要是我的祖国需要我的死,那么无论什么时候,我都可以用那同一把刀子杀死我自己。'"

民众们纷纷表示支持勃鲁托斯,请求他不要死。勃鲁托斯听了很欣慰,他请求民众们看在自己的面子上,尊敬恺撒的遗体,静听安东尼赞美他的功业的演说,因为这是他已经允许了的。说完,勃鲁托斯便离开了。

民众们此时显然已经极度拥护勃鲁托斯,都因他的缘故留了下来。安东尼走上讲坛,他否认恺撒是有野心的,理由是恺撒对部下忠诚公正,会因为听见穷苦的人哀哭而流泪,还曾三次拒绝王冠。安东尼赞美恺撒是一个正人君子,他认为过去人们都曾爱过他,那并不是没有理由的。

民众们觉得安东尼说得有些道理,似有所触动,有些可怜恺撒。安东尼趁势继续说道:"就在昨天,恺撒的一句话可以抵御整个的世界,现在他躺在那儿,没有一个卑贱的人向他致敬。啊,诸君!要是我有意想要激动你们的心灵,引起一场叛乱,那我就要对不起勃鲁托斯,对不起凯歇斯,你们大家知道,他们都是正人君子。我不愿干对不起他们的事,我宁愿对不起死人,对不起我自己,对不起你们,却不愿对不起这些正人君子。可是这儿有一张羊皮纸,上面盖着恺撒的印章;那是我在他的卧室里找到的一张遗嘱。只要让民众一听到这张遗嘱上的话——原谅我,我现在还不想把它宣读出来——他们就会去吻恺撒尸体上的伤口,用手巾去蘸他神圣的血,还要乞讨他的一根头发回去作纪念,当他们临死的时候,将要在他们的遗嘱上郑重提起,作为传给后嗣的一项贵重的遗产。"

"我们要听那遗嘱。"民众们纷纷要求道。

"你们不能忍耐一些吗？你们不能等一会儿吗？是我一时失口告诉了你们这件事。我怕我对不起那些用刀子杀死恺撒的正人君子，我怕我对不起他们。"安东尼故作为难地说道。

可是，民众的愤慨之情已经被激起，坚持要听遗嘱。安东尼走下讲坛，声情并茂地叙述了勃鲁托斯一干人如何一刀刀残忍地刺进恺撒的身体，并斥责了他们的无情与不忠，还描述了恺撒死的惨状。众人听了对恺撒充满了同情，而对叛逆者则充满了痛恨，大家纷纷表示要为恺撒复仇。安东尼终于成功赢得了民心。他让民众们先不要激动，故意责怪自己煽起这样一场暴动的怒潮，他说道："亲爱的朋友们，干这件事的人都是正人君子，他们都是聪明而正直的，一定有理由可以答复你们。朋友们，我不是来偷取你们的心，我不是一个像勃鲁托斯那样能言善辩的人。你们大家都知道我不过是一个老老实实、爱我的朋友的人，他们也知道这一点，所以才允许我为他公开说几句话。因为我既没有智慧，又没有口才，又没有本领，我也不会用行动或言语来激动人们的血性，我不过照我心里所想到的说出来，我只是向你们提醒你们已经知道的事情，给你们看看亲爱的恺撒的伤口，可怜的无言之口，让它们代替我说话。可是假如我是勃鲁托斯，而勃鲁托斯是安东尼，那么那个安东尼一定会激起你们的愤怒，让恺撒的每一处伤口里都长出一条舌头来，即使罗马的石块也将要大受感动，奋身而起，向叛徒们抗争了。"

听了这话，民众们反而更加愤怒了，他们要求立即发动暴动，惩治那些叛贼。安东尼趁机把遗嘱的内容也告诉了人们，遗嘱上写明给每一个罗马市民七十五个钱币，而且，还把台伯河这一边的他的所有的步道、私人园亭、新辟的花圃，全部赠给民众们，永远成为民众们世袭的产业，供他们自由散步游息之用。这下民众们彻底爆发了,被安东尼煽动得十分激昂。没多久,勃鲁托斯和凯歇斯就像疯子一样逃出了罗马的城门,而其他参与反叛的人也有如过街老鼠,人人喊打,人们还闯进他们家烧毁他们的一切。

正在这时,一个仆人告诉安东尼,同盟者奥克泰维斯已经到罗马了,此刻正和莱必多斯在一起等着他。安东尼的目的达到了,便开心地离开了。

安东尼在家里接见了自己的同盟者奥克泰维斯和莱必多斯,他们商量决定,只要是叛逆者,不管是否与自己有亲戚关系,都要被处死。安东尼要莱必多斯到恺撒家里去一趟,把恺撒的遗嘱拿来。"什么!还要我到这儿来找你们吗?"莱必多斯问道。"我们要是不在这儿,你到圣殿来找我们好了。"奥克泰维斯说道。莱必多斯离开后,安东尼说他是一个不足齿数的庸奴,只配替别人奔走效劳,根本不配跟他们鼎足三分,在这世界上称雄霸道。

"你既然这样瞧不起他,为什么在我们判决哪几个人应当处死的时候,却愿意听从他的意见?"奥克泰维斯不解地问道。

"奥克泰维斯,我比你多了几年人生经验。虽然我们把这种荣誉加在这个人的身上,使他替我们分去一部分诽谤,可是他负担的荣誉将会像驴子负担黄金一样,在重荷之下呻吟流汗,不是被人牵拽,就是受人驱策,走一步路都要听我们的指挥。他是一个没有独立精神的家伙,靠着腐败的废物滋养他自己,只知道掇拾他人的牙慧,人家已经习久生厌的事情,在他却还是十分新奇。等他替我们把宝物载运到我们预定的地点以后,我们就可以卸下他的负担,把他赶走,让他像一头闲散的驴子一样,耸耸他的耳朵,在旷地上啃嚼他的草料。"安东尼回答道。

说完,两人就立刻去举行会议,商讨怎样揭发秘密的阴谋,抗拒公开的攻

击。

　　此时，在萨狄斯附近的营地上，凯歇斯派人先一步给勃鲁托斯送来了信。勃鲁托斯对凯歇斯近来的处事有些不满，他觉得与凯歇斯的友谊似乎冷淡下来了，在他看来，要是朋友之间用得着不自然的礼貌的时候，就证明他们的感情已经在开始衰落了。坦白质朴的忠诚，是用不着浮文虚饰的。

　　没多久，凯歇斯终于到达了勃鲁托斯的营帐。两人一见面就弄得有些不愉快，勃鲁托斯赶紧说："凯歇斯，别生气，你有什么不痛快的事情，请你轻轻地说吧。当着我们这些兵士的面，让我们不要争吵，不要让他们看见我们两人不和。你可以到我的帐里来诉说你的怨恨，我一定听你诉说。"说完，两人走进帐篷开始了会谈。

　　凯歇斯首先发话，他说："你对我的侮辱，可以在这一件事情上看得出来：你把路歇斯·配拉定了罪，因为他在这儿受萨狄斯人的贿赂，可是我因为知道他的为人，写信来替他说情，你却置之不理。"而勃鲁托斯却认为凯歇斯在这种事情上本来就不该写信。双方为了该不该惩罚受贿的人而争论不休，都认为自己说得有道理，谁也不肯屈服，还互相辱骂对方。凯歇斯甚至咬牙切齿地说："不要太自恃你我的交情，我也许会做出一些将会使我后悔的事情来的。"勃鲁托斯对他的恐吓毫不在意，在他看来，正直的居心便是自己的有力的护身符，凯歇斯那些无聊的恐吓，就像一阵微风吹过，根本引不起他的注意。他还反过来埋怨凯歇斯曾拒绝借钱给自己。而凯歇斯却否认自己拒绝过，他认为一个朋友应当原谅他朋友的过失，可是勃鲁托斯却把朋友的过失格外夸大。

　　两个人你一言我一语，谁也不肯相让，这使他们的友谊遭受了巨大的考验。不过最终，为了对付共同的敌人，两人还是达成了一致。

五

最终较量

勃鲁托斯和凯歇斯终于又坐在一起喝酒了。勃鲁托斯告诉凯歇斯他心里有许多烦恼,但是最让他痛苦的是自己的妻子鲍西娅死了。凯歇斯听了很吃惊,说道:"我刚才跟你这样吵嘴,你居然没有把我杀死,真是侥幸!唉,难堪的、痛心的损失!害什么病死的?"

"她因为舍不得跟我远别,又听到了奥克泰维斯和安东尼的势力这样强大的消息,变得心神狂乱,乘着仆人不在的时候,把火吞了下去。"勃鲁托斯悲伤地说。他不停地喝酒,想以此来麻醉自己。

这时,他们的两位朋友梅萨拉和泰提涅斯来到帐中,他们告诉勃鲁托斯,说奥克泰维斯跟安东尼带了一支强大的军队,向腓利比进发,要来攻击他们了,而且奥克泰维斯、安东尼和莱必多斯三人还用非法的手段,把一百个元老宣判了死刑。朋友还告诉勃鲁托斯,据说鲍西娅已经死了,而且死得很奇怪。

经商量,勃鲁托斯等人决定立即赶往腓利比与安东尼等人决战,因为他们认为自己的军队已经达到最高的数量,行动的时机已经完全成熟,相反,敌人的力量虽然每天都在增加,但毕竟还未达到饱和。

晚上,勃鲁托斯叫两个仆人睡在自己帐下,以便于有事情派他们去通知自己的兄弟凯歇斯。由于睡不着觉,勃鲁托斯便让仆人路歇斯为自己弹奏曲子,自己没睡着,仆人们反倒都进入了梦乡。忽然,勃鲁托斯见到了一个幽灵,幽灵告诉勃鲁托斯,自己将与他在腓利比再次见面。他赶紧叫醒仆人们,可是幽灵却不见了。

双方在腓利比平原对峙,开始谁也没有动手,而是先进行了一番交谈。安东尼指责勃鲁托斯残忍地刺杀了恺撒。凯歇斯则讽刺安东尼口蜜腹剑。双方你来我往,唇枪舌剑,都称对方不配死在自己的剑下。

"来,安东尼,我们去吧!叛徒们,我们现在当面向你们挑战,要是你们有胆量的话,今天就在战场上相见,否则等你们有了勇气再来。"奥克泰维斯失去了耐性,留下这样的话便率领军队离开了。

凯歇斯知道战争已经无法避免,他说:"好,现在狂风已经吹起,波涛已经澎湃,船只要在风浪中颠簸了!一切都要信托给不可知的命运。"他又转身,对自己的朋友梅萨拉说:"今天是我的生日,就在这一天,凯歇斯诞生到世上。正像从前庞培一样,我是因为万不得已,才把我们全体的自由在这一次战役中作孤

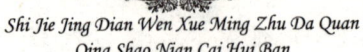

注一掷的。你知道我一向信奉无神论，现在我的思想却改变了，有些相信起预兆来了。我们从萨狄斯动身前来的时候，有两头猛鹰从空中飞下，栖止在我们从前那个旗手的肩上。它们常常啄食我们兵士手里的食物，一路上跟我们做伴，一直到这儿。今天早晨它们却飞去不见了，代替它们的，只有一群乌鸦鸱鸢，在我们的头顶盘旋，好像把我们当作垂毙的猎物一般，它们的黑影像是一顶不祥的华盖，掩覆着我们末日在即的军队。"

凯歇斯问勃鲁托斯要是这次战败了，准备怎么办。勃鲁托斯称自己绝对不会允许自己被押回罗马受辱，他宁愿选择自杀。两人互相道别，仿佛末日已经来临。

号角声响起，双方终于交战了。然而，战争刚开始，凯歇斯率领的军队就出现了兵士逃跑的现象，勃鲁托斯因为对奥克泰维斯略占优势，自以为胜利在握，过早地发出全线攻击的命令，他的军队忙着搜掠财物，致使凯歇斯他们孤立无援，被安东尼包围了起来。主将凯歇斯在部下的掩护下，逃到了某座山头。可是，安东尼的军队却再次追了上来，自知无路可逃的凯歇斯，要求部下用剑杀死了自己。

得知凯歇斯已死，众人都很难过。他的朋友泰提涅斯悲痛地说道："现在凯歇斯已经不在人世了。啊，没落的太阳！正像你今晚沉没在你红色的光辉中一样，凯歇斯的白昼也在他的赤血之中消隐了，罗马的太阳已经沉没了下去。我们的白昼已经过去，黑云、露水和危险正在袭来，我们的事业已成灰烬了。"

当梅萨拉带着勃鲁托斯前来见凯歇斯最后一面时，他们发现泰提涅斯已经自杀，而且他在临死前还替凯歇斯戴上了胜利之冠。失去盟友的勃鲁托斯很难过，为了不影响军心，他命人把凯歇斯的尸体送到泰索斯去。安排完毕，他又重

新回到战场,准备第二次交锋。

勃鲁托斯抱着誓死的决心冲上战场,要与敌人血拼到底,可是他身边的人却一个个倒下,他被安东尼打得节节败退。他告诉自己的仆人,一旦自己彻底失败,就杀了他。他还告诉了部下,恺撒的鬼魂曾经两次出现在自己面前,勃鲁托斯知道自己的末日已经到了,敌人已经把他们逼到了山穷水尽之境,他认为与其被敌人杀害,还不如自杀。

安东尼的军队再次追了过来,勃鲁托斯这次没有再逃,他死在了自己的剑下,临死前他奄奄一息地说:"恺撒,你现在可以瞑目了,我杀死你的时候,还不及现在一半的坚决。"

勃鲁托斯死后,他的朋友和仆人都归降了奥克泰维斯。勃鲁托斯虽然死了,但却得到了很高的评价。安东尼说:"在他们那一群中间,他是一个最高贵的罗马人,除了他一个人以外,所有的叛徒们都是因为妒忌恺撒而下毒手的,只有他才是激于正义的思想,为了大众的利益,而去参加他们的阵线。他一生善良,交织在他身上的各种美德,可以使造物主肃然起立,向全世界宣告:'这是一个汉子!'"他们给他安排了隆重的葬礼,并给予了他军人的荣誉。

雅典的泰门

一

风光无限的贵族

很久很久以前,有一个雅典贵族,叫做泰门,他家财万贯,慷慨大度,豪爽仁慈,有求必应,喜欢结交各种朋友。不同地位不同性情的人,无论是轻浮油滑的,还是严肃庄重的,都愿意为泰门效劳服役。他的巨额财产,再加上他善良和蔼的天性,征服了各种不同的人,使他们乐于向他献媚致敬。从那些谄媚者,到憎恨他的艾帕曼特斯,一个个在他的面前屈膝,只要泰门点点头,就可以使他们满载而归。

这天,和往常一样,尽管天还很早,可是泰门家已经门庭若市。厅堂中的客人们互相打着招呼,等待泰门的接见。"好久不见了,你近来怎么样啊?"一位诗人向一位画师问候道。

"先生，变得一天不如一天了。"画师无奈地答道。

"嗯，那是谁都知道的。可是难道就没有什么特别新鲜的事，或者是奇闻怪事，是我们浩如烟海的书籍中所未记载过的吗？瞧，慷慨的魔力！群灵都被你召唤前来，听候驱使了。"诗人正说着，就见两位商人冲他们走了过来，"我认识这个商人。"诗人指着其中一位说道。

画师也看清了来人，说道："这两个人我都认识，有一个是宝石匠。"

"啊！真是一位贤德的贵人，一位举世无双的人。他生活的目的，好像就是继续不断地行善，永不厌倦。像他这样的人，真是难得！"其中一位商人赞叹道。

"嗯，那是谁都不能否认的。"被称为宝石匠的人赶忙表示赞同，"对了，我带着一颗宝石。"说着拿出了一颗宝石。

"啊！倒要见识见识。先生，这是送给泰门大爷的吗？"商人仔细欣赏着宝石，"这宝石的式样很不错。"

"它的色彩很美丽，您瞧那光泽多好。要是他能出一个价格，可是……"宝石匠有些担忧。

"诗句当为美善而歌颂，倘因贪利而赞美丑恶，就会降低风雅的声价。"诗人突然开口说道，"我们的诗歌就像树脂一样，会从它滋生的地方分泌出来。燧石中的火不打是不会出来的，我们灵感的火焰却会自然激发，像流水般冲击着岸边。"

画师知道诗人所吟诵的大作，一定又是献给泰门的，也不甘示弱地拿出自己的作品。正在他们互相恭维对方的时候，泰门在一群雅典元老的前呼后拥下走了进来。画师与诗人争相赞叹,似是充满了敬佩和羡慕之情。"您瞧这一大群奴颜婢膝的宾客,"诗人一脸的不屑,似是很清高地说,"在我的拙作中间,我勾画出了一个受尽世俗爱宠的人,可是我并不单单着力做个人的描写,我让我的恣肆的笔锋在无数的模型之间活动,不带一丝恶意,只是像凌空的鹰隼一样,一往直前,不留下一丝痕迹。"画师不太明白诗人貌似高深的话语,诗人继续说道:"先生,我假定命运的女神端坐在一座巍峨而幽美的山上,在那山麓下面,有无数愚昧无知的人在那儿劳心劳力,追求世间的名利,他们的眼睛都一致注视着这位主宰一切的女神。我把其中一个人代表泰门,命运女神用她象牙一样洁白的手招引他到她的身边,他是她眼前的恩宠,他的敌人也一齐变成了他的奴仆。"

画师认为诗人说得很有道理,他所作的描述很可以表现现在的情形。"先生,听我说下去。那些在不久以前还是和他同样地位的人,也有一些本来胜过他的人,现在都跟在他后面亦步亦趋。他的接待室里挤满了关心他的起居的人,他的耳朵中充满了一片犹如向神圣祷告那样的低语,连他的马镫也被奉为神圣,他们从他那里呼吸到自由的空气。"诗人说道。

"那又怎么样呢?"画师问道。

"当命运突然改变了心肠,把她的宠儿一脚踢下山坡的时候,那些攀龙附凤之徒,本来跟在他后面匍匐膝行的,这时候便会冷眼看他跌落,没有一个人做他患难中的同伴。"

"那是人类的通性。我可以画出一千幅醒世的图画,比语言更有力地说明祸福无常的真理。但是你也不妨用文字向泰门大爷陈述一个道理,指出眼光浅近的人往往会把黑白混淆起来。"画师建议道。

泰门进来后与众人寒暄,与每一个请求者殷勤周旋。这时,一位使者奉文

提狄斯之命前来拜见泰门,文提狄斯是泰门的酒肉朋友之一。使者告诉泰门,文提狄斯欠了别人五个货币,因为手头非常困难,无法偿还,他的债主便把他送进了监狱,文提狄斯请求泰门给那些拘禁他的人写一封信,否则他将什么安慰也没有了。泰门不是一个在朋友有困难时把他丢弃不顾的人,在他看来,文提狄斯是一位值得帮助的绅士,他告诉使者自己一定会帮助文提狄斯,替他还债,使他恢复自由。使者感激地行了一个礼,然后离开了。紧接着,又走来一位老人,他向泰门控诉有人勾引自己的女儿,而那个不老实的人就是泰门的仆人路西律斯。老人说:"我只有一个独生女儿,要是我死了,也没有别的亲人可以继承我的遗产。我这孩子长得很美,还没有到结婚的年纪,我费了不少的钱,让她受最好的教育,而你这个仆人却想勾引她。好大爷,请你帮帮忙,不许他去看她,我自己对他说过好多次,总是没用。"

"那你的女儿爱他吗?"泰门问。

"她年纪太轻,容易受人诱惑,就是我们自己在年轻的时候,也是一样多情善感的。要是她没有得到我的允许和别人结婚,我请天神作证,我要拣一个乞儿做我的后嗣,一个钱也不给她。"老人满含怒气地说道。

泰门在了解了仆人和老人女儿两情相悦的事实后,对老人说:"这个人已经在我这儿做了很久的事。君子成人之美,我愿意破格帮助他这一次,把你的女儿嫁给他,你有多少陪嫁费,我也给他同样的数目,这样他就可以不致辱没你的女儿了。"老人听了很高兴,马上就答应了,路西律斯也感激万分。

老人刚离开,诗人和画师也献上了自己的作品,泰门很欣赏他们的作品,高兴地收下了,并邀请他们陪自己一起用餐。但是他却拒绝买下宝石匠的宝石。"怎么,大爷,宝石不好吗?"宝石匠很诧异。

"不,它简直是太好了。要是我按照人家对它所下的赞美那样的价值向您把它买下来,恐怕我要倾家荡产了。"泰门答道。

"大爷,它的价格是按照市价估定的。可是您要知道,同样价值的东西,往往因为主人的喜恶而分出高下。相信我,好大爷,要是您戴上了这宝石,它就会身价十倍了。"宝石匠说道。另一名商人也劝泰门买下来。

正在他们探讨之际,性情乖僻的哲学家艾帕曼特斯走了过来。"早安,善良的艾帕曼特斯!"泰门很有礼貌地与他打招呼。

"等我善良以后,你再说你的早安吧,等这些恶人都变成好人以后,你再说你的早安吧。"艾帕曼特斯还是一如既往的苛刻。

泰门不明白为什么艾帕曼特斯会说出这样一番话,他认为艾帕曼特斯太骄傲了。他把画师的作品给艾帕曼特斯看,艾帕曼特斯说:"这是一幅好画,因为它并不伤人。"泰门又问他觉得画师怎么样,他说:"造物主创造出这个画师来,他的手法比这画师强多啦,虽然他创造出来的也不过是一件低劣的作品。"他骂起人来毫不留情。泰门又拿出宝石让他估价,他却认为那宝石不值得他去想它的价钱,自己更喜欢真诚老实,因为它不花一文钱。艾帕曼特斯讽刺诗人为了讨好泰门,骗取他的钱财,而在作品中故意把他写成了一个好人。他还对商人说:"要是神明不给你灾祸,那么让你在买卖上大倒其霉吧!"艾帕曼特斯痛恨所有这些阿谀奉承、虚伪骗财的小人。

就这样,总有一些不怀好意的人,挖空心思带一些泰门可能喜欢的东西送上门来,这些东西一旦被泰门看重,便会被他以超过东西本身价值好几倍的金钱买下,即使泰门看不上那些东西,他们也可以在泰门家蹭吃蹭喝。

二

危机四伏的贵族

这天,军官艾西巴第斯骑着马,带着二十多人,来到泰门的府邸。一见面,艾西巴第斯就急忙走上前,说道:"我已经想了您好久,今天能够看见您,真是大慰平生的饥渴。"泰门热情地把艾西巴第斯引入内厅,说要与他好好地欢叙一下再分手。

宴会即将开始前,艾帕曼特斯遇到了两个贵族。其中一个贵族问他:"你去参加泰门大爷的宴会吗?"

"是的,我要去看肉塞在恶汉的嘴里,酒灌在傻子的肚里。"艾帕曼特斯回

答。

"再见,再见。"贵族说道。

"你是个傻瓜,向我说两次'再见',你应该把一句'再见'留给你自己,因为我是不想向你说'再见'的。"

那个贵族听了很生气地骂他,另一个一直保持沉默的贵族劝道:"他是个不近人情的家伙。来,我们进去,领略领略泰门大爷的盛情吧。他的慷慨仁慈,真是世间少有的。"说完,两个人便迅速前往泰门的宴会。

宴会上,乐音高奏,酒杯交错,热闹非凡。被释放出来的文提狄斯充满感激地说道:"最可尊敬的泰门,神明因为眷念我父亲年老,召唤他去享受永久的安息,他已经安然去世,把他的财产遗留给我。这次多蒙您的大德鸿恩,使我免去了牢狱之灾,现在我把那几个钱币如数奉还,还要请您接受我的感恩。"泰门拒绝了他的还钱,这可把文提狄斯乐坏了,连连称赞泰门是好人。

"各位大人,一切礼仪,都是为了文饰那些虚伪故事的行为、言不由衷的欢迎、出尔反尔的殷勤而设立的。如果有真实的友谊,这些虚伪的形式就该一律摒弃。请坐吧,我的财产欢迎你们分享,甚于我欢迎我自己的财产。"泰门豪爽地说道。众人听了都喜上眉梢,只有艾帕曼特斯不屑一顾,还要求泰门把他撵出门外去。泰门听了很生气,但又不想没礼貌地把他撵出门,就命人给艾帕曼特斯摆了一张单人桌。

"我不要吃你的肉食,它会噎住我的喉咙,因为我永远不会向你谄媚。神啊!多少人在吃泰门,他却看不见他们。我看见这许多人把他们的肉放在一个人的血里蘸着吃,我就心里难过,可他却浑然不知。现在坐在他的近旁,跟他一同切着面包、喝着同心酒的那个人,也就是第一个动手杀他的人。"艾帕曼特斯

感叹道,他为泰门的无知感到悲哀。

此时的泰门仍旧毫无觉悟地与众人饮酒欢畅。艾帕曼特斯只能在心中默默地说:"泰门泰门,这样一杯一杯地干下去,要把你的骨髓和你的家产都吸干了啊!我这儿只有一杯不会害人的淡酒,好水啊,你是不会叫人烂醉如泥的,这样的酒正好配着这样的菜。吃着大鱼大肉的人,是会高兴得忘记感谢神明的。"他多么希望泰门能够明白他的好心。

"大人,要是我们能够有那样的幸福,可以让我们的一片赤诚为您尽尺寸之劳,那么我们就可以觉得不虚此生了。"一个贵族恭维道。

"啊!不要怀疑,我的好朋友们,天神早已注定我将要得到你们许多帮助,否则你们怎么会做我的朋友呢?我常常这么想着:神啊!要是我们永远没有需要我们的朋友的时候,那么我们何必要朋友呢?要是我们永远不需要他们的帮助,那么他们便是世上最无用的东西,就像深藏不用的乐器一样,没有人听得见它们美妙的声音。我常常希望我自己再贫穷一些,那么我一定可以跟你们格外亲近一些。天生下我们来,就是要我们乐善好施。"泰门说道。

在泰门与宾客们称兄道弟,互诉情谊时,几位舞女突然来拜访,并请求为泰门表演节目。泰门欣然答应了。舞女们弹奏起舞,众贵族也起身离席,竭尽全力向泰门献殷勤,每人各择一名舞女共舞。一边的艾帕曼特斯对她们充满鄙夷,认为这些跳舞的女人都是些疯婆子。人生的荣华不过是一场疯狂的胡闹,正像这种奢侈的景象在一个嚼着淡菜根的人看来一样。寻欢作乐,全然是傻子的行为。我们所谄媚的、所举杯祝饮的那些人,也就是在年老时被我们痛骂的那些人。在他看来,现在在他面前跳舞的人,有一天很可能把他放在脚下践踏,因为人们对于一个没落的太阳是闭门不纳的。

一曲结束，泰门兴致大增，赏赐了舞女们许多珠宝，还为她们备办了丰盛的酒席。舞女们离开后，仆人报告说有几位元老要来拜访，泰门命令仆人快去准备，以免怠慢了客人。紧接着，路歇斯和路库勒斯两个贵族分别送来四匹乳白的骏马和两对猎犬，他们一个说是为了请泰门鉴赏，一个说要请泰门去打猎，其实都只是为了骗泰门的钱，而他们所得到的谢礼的价值则远远高于他们所付出的。

泰门拿出自己盛珠宝的匣子，打算送给他的"朋友们"一些礼物。那些"朋友们"起先假意推辞，但在泰门充满殷勤的劝说下，他们还是接受了，高兴地连连赞美泰门的慷慨，如蒙大赦般地感恩戴德。泰门被人恭维得有些飘飘然，他说："承你们各位光临，我心里非常感激。即使把我的一切送给你们，也不能报答你们的盛情。要是我有许多国土可以分给我的朋友们，我一定永远不会感到厌倦。"

"好热闹！这么摇头晃脑撅屁股！他们的两条腿恐怕还不值得他们跑这一趟所得到的代价。友谊不过是些渣滓废物，虚伪的心不会有坚硬的腿，老实的傻瓜们也在人们的打躬作揖之下卖弄自己的家私。你老是布施人家，泰门，我怕你快要写起卖身文契来，把你自己也送给人家了。"艾帕曼特斯终于忍不住又开口了。泰门觉得他的刻薄忍无可忍，便不再理他，甩头而去。看着他的背影，艾帕曼特斯很无奈地感慨道："好，你现在不要听我，将来要听也听不到了。天堂的门已经锁上了，你从此只好徘徊门外。唉，人们的耳朵不能容纳忠言，谄媚却这样容易进去！"

忠实的管家弗莱维斯看着主人如此挥霍自己的财富，感到很心痛，很悲哀，他担心主人早晚有一天会散尽自己的家财，而且主人还不知道他自己已经入不敷出了。"他一点也不在乎，一点都不知道停止他的挥霍！不想想这样浪费下去，怎么维持得了，如果将来钱财产业都没了怎么过日子？不叫他亲自尝到财尽囊空的滋味，他是不会听人劝的。唉，但愿他早一点辞歇了我，免得将来有被迫解职的一日！与其用酒食供养这些比仇敌还凶恶的朋友，那么还是没有朋友的人幸福得多了。"弗莱维斯心想。他决定等主人打猎回来就立即提醒他。

泰门回到家，管家弗莱维斯还没来得及对他的主人给予忠告，就又有人来拜访，这次来的居然是泰门的债主的仆人们。他们纷纷表示自己是受主人之命前来要债的，而且要求尽快还钱，不能再拖下去。泰门被突如其来的讨债弄得一头雾水，他先安排那些前来讨债的人在大厅等候，然后把弗莱维斯叫到身边询问实情。当弗莱维斯把府内入不敷出、欠债累累的情况告诉泰门，这位大善人吃惊地问道："为什么你不早一点把我的家用收支的情况明白告诉我，好让我在没有欠债以前，把费用节省节省呢？"

"我好几回向您说起，您总是不理会我。"弗莱维斯答道。

"哼，你一定是趁着我心里不高兴的时候说起这种话，我叫你不要向我絮烦，你就借着这个做理由，替你自己推卸责任了。"泰门略带怒气地说。

"啊，我的好大爷！好多次我把账目亲自拿上来呈给您看，您总是把它们推在一旁，说是您相信我的忠实。当您收下了人家一点点轻微的礼品，叫我用许多贵重的东西酬答他们的时候，我总是摇头流泪，甚至于不顾自己卑贱的身份，再三劝告您不要太慷慨了。不止一次我因为向您指出您的财产已经大不如前、您的欠债已经愈积愈多而受到您对我的严词斥责。我亲爱的大爷，现在您虽然肯听我把实际的情况告诉您，可是已经太迟了，您的家产至多也不过抵偿您的欠债的半数。要是您疑心我欺骗了您，您可以叫几个最精细的查账员当面查看我的账目。神明在上，当我们的门庭之内充满着饕餮的食客，当我们的酒窟里泛滥着满地的余沥,当每一间屋内灯光吐辉、笙歌沸天的时候,我总是一个人躲在一个漏水的管子下面,止不住我汹涌而出的眼泪。"弗莱维斯显得很激动,无奈地摇摇头,继续说道:"伟大的泰门,光荣高贵的泰门,唉!您花费了无数的钱财,买到人家一声赞美,钱财一旦送出,赞美的声音也寂灭了。酒食上得来的朋友,等到酒尽樽空,转眼就会成为路人。"

泰门对弗莱维斯的教训感到厌烦,他坚持认为自己的慷慨没有错,而且自己有那么多朋友,只要他开口向朋友寻求帮助,谁都会把财产给他自由支配的。他认为自己现在贫乏,并不是一件坏事,正好可以借此试探自己的朋友。他觉得弗莱维斯对他的财产的忧心完全是多余的。

二

走投无路的贵族

为了解决目前的困境,也为了试探朋友们,泰门派仆人四处去借钱。

管家弗莱维斯去了元老院,却空手而归。那些元老们态度冷淡,满脸不耐烦的神气,众口一词地回答说自己现在情况很困难,手头没有钱,力不从心,很抱歉。然后就头也不回地走掉了。

泰门听了,愤怒地大喊:"神啊,惩罚他们吧!这些老家伙,都是天生忘恩负义的东西。他们的冷血已经冻结,不会流了。他们因为缺少热力,所以这样冷酷无情,他们将要终结生命的旅程而归于泥土,所以他们的天性也变得冥顽不

灵了。"突然,泰门想起了曾受过自己恩惠,并欠自己五个钱币的文提狄斯。他认为文提狄斯刚继承了父亲的一笔很大的遗产,一定会把钱还给自己,帮自己解决困境。可是,他想错了,文提狄斯竟然言辞含糊地回绝了他。

仆人弗莱米涅斯被派到贵族路库勒斯那里借钱。路库勒斯老爷看到是泰门的仆人,以为是泰门来给自己送什么礼物,很友好地向弗莱米涅斯问候,他说:"弗莱米涅斯,好弗莱米涅斯,承蒙你光临,不胜欢迎之至。尊贵的、十全十美的、宽宏大量的雅典绅士,你那慷慨的好主人好吗?"

"他身体很好,先生。"弗莱米涅斯回答。

"我很高兴他身体很好。你那外套下面有些什么东西,可爱的弗莱米涅斯?"

"不瞒您说,先生,那不过是一只空匣子。我奉我家大爷之命,特来请您把它填满了。他因为急用,需要五十个泰伦,所以叫我来向您借,他相信您一定会毫不踌躇地帮助他的。"

路库勒斯一听这次是来向他借钱的,立刻就开始责怪泰门太爱摆阔,不听人劝。他告诉弗莱米涅斯现在不是可以借钱给别人的时世,尤其单单凭着一点交情,什么保证都没有。他丢给弗莱米涅斯三毛钱,希望他回去告诉泰门自己没见到路库勒斯。路库勒斯离开后,弗莱米涅斯感叹世事变迁、人情变幻,他将三毛钱扔掉,说道:"愿你落在铁锅里和着熔化了的钱活活地熬死,你这恶病一样的朋友!难道友谊是这样轻浮善变,不到两天工夫就换了样子吗?天啊!我的心头充塞着我主人的愤怒。这个奴才的肠胃里还有我家主人赏给他吃的肉,为什么这些肉不跟他的良心一起变坏,化成毒药呢?他生命的一部分是靠着我家主人养活的。但愿他害起病来,临死之前多挨一些痛苦!"说完,便愤怒地离开了。

仆人塞维律斯被派到贵族路歇斯那里借钱。他在广场上见到了路歇斯，赶忙走上前打招呼，和路库勒斯一样，他也认为是泰门来给自己送东西了，高兴地说道："你家大爷待我真好，他老送东西给我。你看我应当怎样感谢他才好呢？他现在又送些什么来啦？"

"他没有送什么来，大爷，只是因为一时需要，想请您借给一些钱。"塞维律斯答道。

"我知道他老人家只是跟我开开玩笑，他哪里会缺钱呢？"路歇斯有些不相信。

塞维律斯以灵魂发誓自己说的是实情，路歇斯才相信。他装模作样地说："我真是一头该死的畜生，放着这一个大好的机会，可以表明我自己不是一个翻脸无情的小人，可我偏偏把手头的钱一起用光了！真不凑巧，前天我买了一件无关紧要的东西，今天蒙泰门大爷给我这样一个面子，却不能应命。请你多多替我向你家大爷致意。我希望他不要怪罪于我，因为我实在是心有余而力不足。请你替我告诉他，我不能满足这样一位高贵的绅士的要求，真是我生平第一件恨事。"塞维律斯听了，也只能无奈地离开。

另一个仆人来到贵族辛普洛涅斯家，当仆人说明自己借钱的来意时，辛普洛涅斯轻蔑地说道："哼！难道他没有别人，一定要找我吗？他可以向路歇斯或是路库勒斯试试，文提狄斯是他从监狱里赎出身来的，现在也发了财了。这几个人都是靠着他才有今天这份财产。"

"大爷，他们几个人的地方都去过了，一个也不是好东西，谁都不肯借给他。"仆人答道。

"怎么！他们已经拒绝他了吗？哼！这就可以看出他不但不够交情，而且也太缺少知人之明。他明明瞧不起我，给我这样重大的侮辱，我在生他的气哩。他应该一开始就向我商量，因为凭良心说，我是第一个收到他的礼物的人。现在他却最后一个才想到我，想叫我在最后帮他的忙吗？不，要是我答应了他，人家都要笑我，那些贵人们都要当我是个傻子了。要是他瞧得起我，第一个就向我借，那么别说这一点数目，就是三倍于此，我也愿意帮助他的。现在你回去吧，替我告诉你家主人，谁轻视了我，休想用我的钱。"说完，辛普洛涅斯假意很生气地离开了。

"很好！你这位大爷也是一个大大的奸徒。看到人心这般险恶，魔鬼也要望而却步。瞧这位贵人唯恐人家看不清楚他的丑恶，拼命龇牙咧嘴给人家看，这就是他的奸诈的友谊！这是我主人最后的希望，现在一切都已消失了，只有向神明祈祷。一个人不能看守住他的家产，就只好关起大门躲债。"仆人只得愤怒地离开了。

泰门派出去的所有仆人都没能借到一分钱，而债主们却咄咄逼人，每天聚集在泰门的家门口，简直不容他有一点儿喘息的机会。那曾经举行过无数次奢华宴会的屋子，现在反倒成了拘禁泰门的监牢。泰门应该还的钱竟然比他欠下的还要多，更让人哭笑不得的是，他们居然带着泰门送的珠宝而向泰门讨还珠宝的价钱。要债的人又凶又狠，说是泰门只有把钱还清，才有资格去死。这一切都令泰门几近疯狂，他嚷嚷着要用自己的心和鲜血来偿还债务，或是用债票把他腰斩，或是扯碎他的四肢，把他的身体拿去还债。要债的人被他疯狂的言语吓得心惊胆战，纷纷逃离泰门家。

讨债的人都离开后，泰门说道："他们简直不容我有一点儿喘息的工夫，这些奴才们！什么债主，简直是魔鬼！"

Shi Jie Jing Dian Wen Xue Ming Zhu Da Quan
Qing Shao Nian Cai Hui Ban

世界经典文学名著大全
·青少年彩绘版·

为了报复这些忘恩负义的家伙，泰门决定再办一次宴会。他把雅典所有的名流贵族，以及曾经与自己朝夕相处的"好朋友"们都请来了。这些和文提狄斯、路库勒斯、路歇斯、辛普洛涅斯一样趋炎附势的家伙，发现泰门还有能力举办如此盛大的宴会，都认为这位尊敬的贵人前天不过是试探他们而已。这些贵族懊悔极了，恨自己为什么当初不借给泰门一小笔贷款呢。他们纷纷向泰门解释、表白、道歉。泰门假意满不在乎，连连说："老兄不必介意，请您不要把这种事留在记忆里。"

在泰门有钱的时候，这些"朋友"跟随泰门比燕子跟随夏天还要踊跃；而当泰门穷困潦倒的时候，他们离开泰门也比燕子离开冬天还快。他们知道，现在又是追随泰门的时候了。

当罩着盖子的盘子被端上桌，贵族们纷纷猜测这里面一定是奇珍异味。其中一个贵族突然开口说道："艾西巴第斯被放逐了，您听见人家说起没有？"

"请问是因为什么原因？"另一个贵族问道。

那个贵族刚要回答，只听泰门说道："各位好朋友，大家过来吧。请大家用着和爱人接吻那样热烈的情绪，各人就各人的座位吧。你们的菜肴是完全一样的。不要拘泥礼节，谦逊得把肉菜都冷了。请坐，请坐。神啊，我们感谢你们的施与，赞颂你们的恩惠，可是不要把你们所有的一切完全给人，免得你们神灵也要被人蔑视。因为如果你们神灵也要向人类告贷，人类是会把神明舍弃的。神啊！那些雅典的元老们，以及黎民众庶，请你们鉴察他们的罪恶，让他们遭受毁灭的命运吧。至于我这些在座的朋友，他们本来与我不相关，所以我不给他们任何的祝福。"

宾客们对他的举动感到莫名其妙，他们万万没想到盘子里有的不过是蒸汽和温水。泰门大喊:"狗子们,舔你们的盆子吧。"他把水浇到宾客们的脸上,宾客们纷纷逃窜,泰门追赶着他们,诅咒道:"愿你们老而不死,永远受人憎恶,你们这些微笑的、柔和的、可厌的寄生虫,彬彬有礼的破坏者,驯良的豺狼,温顺的熊,命运的弄人,酒食征逐的朋友,趋炎附势的青蝇,脱帽屈膝的奴才,水汽一样轻浮的小丑!一切人畜的恶症侵蚀你们的全身!"

逃窜的人们,有的丢了帽子,有的丢了袍子,有的丢了首饰,有的被磕中了骨头,一个个狼狈不堪,场面一片混乱。

世界经典文学名著大全
·青少年彩绘版·

四

愤世嫉俗的贵族

从那以后,大彻大悟了的泰门决定和雅典断绝一切关系。这个雅典曾经的宠儿,站在城门外,望着那纸醉金迷的雅典城,大声喊道:"让我回头瞧瞧你。城啊,你包藏着的那些豺狼,快快陆沉吧,不要再替雅典做藩篱!奴才们和傻瓜们,把那些年高德劭的元老们拉下来,你们自己坐上他们的位置吧!破产的人,不要偿还你们的欠款,用刀子割破你们债主的咽喉吧!仆人们,放手偷窃吧!你们庄严的主人都是借着法律的名义杀人越货的大盗。十六岁的儿子,夺下你步履龙钟的老父手里的拐杖,把他的脑浆敲出来吧!孝亲敬神的美德、和平公义的正道、齐家睦邻的要义、教育、礼仪、百工的技巧、尊卑的品秩、风俗、习惯,

一起陷于混乱吧！加害于人身的各种瘟疫，向雅典伸展你们的毒手，播散你们猖獗传染的热病！让风湿钻进我们那些元老的骨髓，使他们手脚瘫痪！让淫欲放荡占领我们那些少年人的心，使他们反抗道德，沉溺在狂乱之中！每一个雅典人身上播下了疥癣疮毒的种子，让他们一个个害起癞病！让他们的呼吸中都含着毒素，谁和他们来往做朋友都会中毒而死！除了我这赤裸裸的一身以外，我什么也不带走，你这可憎的城市！我给你的只有无穷的诅咒！泰门要到树林里去，和最凶恶的野兽做伴侣，比起无情的人类来，它们是要善良得多了。天上一切神明，听我的，把那城墙内外的雅典人一起毁灭了吧！求你们让泰门把他的仇恨扩展到全体人类，不分贵贱高低！阿门。"

他开始痛恨人类，变成了一个愤世者，决定到森林去和野兽做伴侣。泰门的仆人们因为找不到自己的主人，心急如焚，纷纷向总管弗莱维斯询问。"唉！兄弟们，我应当对你们说些什么话呢？正直的天神可以替我作证，我跟你们一样穷。"弗莱维斯无奈地说。仆人们都为泰门的不幸遭遇感到悲哀，想到自己即将与泰门解除主仆关系，他们都有些不舍，感叹道："我们身上都还穿着泰门发给我们的制服，我们的脸上都流露着眷怀故主的神色。我们现在遭逢不幸，依然是亲密的同伴。我们的大船已经漏了水，我们这些可怜的水手，站在向下沉没的甲板上，听着海涛的威胁，在这茫茫的大海之中，我们必须从此分散了。"

"各位好兄弟们，我愿意把我剩余下来的几个钱分给你们。以后我们无论在什么地方相会，由于泰门的缘故，让我们仍旧都是好朋友。"弗莱维斯把钱分给仆人们，可大家都推辞不肯收下。"不，大家伸出手来。不必多说，我们现在穷途离别，让悲哀充塞着我们的胸膛吧。"在弗莱维斯的劝说下，众人才收下钱，大家痛哭着拥抱在一起，然后纷纷不舍地离去。

众人离开后，弗莱维斯感慨道："如果财富只会给人招来困苦和轻蔑，那么还有谁愿意坐拥巨资呢?谁愿意享受片刻的荣华,徒作他人的笑柄?谁愿意在荣华的梦里,相信那些虚伪的友谊?谁还会贪恋那些和趋炎附势的朋友同样不可靠的尊荣豪贵?可怜的老实的大爷!他因为自己心肠太好,所以才到了今天这个地步!谁想得到,一个人行了太多的善事反是最大的罪恶!谁还敢再像他一半仁慈呢?慷慨本来是天神的德性,凡人慷慨了却会损害他自己。我们最亲爱的大爷,你是一个有福之人,却反而成为最倒霉的一个,你的万贯家财害得你如此凄凉,你的富有变成了你的最大痛苦。"想到泰门一气之下离开家,没有携带活命的资粮和购买衣食的财帛,弗莱维斯决定去寻找他的主人,尽心竭力侍候他。

现在的泰门住在树林的岩穴中,整日与野兽为伴,他吃的是草根,喝的是生水,在他看来,最凶猛的野兽也比无情的人类要强得多,对人类的痛恨无时无刻不充斥着他的内心,他诅咒人们通奸、破产、偷窃、得瘟疫,祈祷神明帮他毁灭雅典人,甚至毁灭整个人类。

一天,他挖树根充饥时,挖到了一批金子。如果放在从前,他一定会把他的"朋友"们聚集起来,尽情享乐。然而,此时的泰门看见金子,却充满了厌恶,他已经厌倦那个丑的可以变成美的、错的可以变成对的、卑贱可以变成尊贵、老人可以变成少年、懦夫可以变成勇士的世界了。可是,他想到金子可以给人类带来种种灾难,又开心地把金子留下了。

这天,泰门在树林里遇见了军官艾西巴第斯和他的两个情妇。艾西巴第斯起先并没有认出泰门,听到他说话后才知道是泰门。他很诧异,尊贵的泰门怎么会变成这个样子。他很同情泰门,希望为他做些事,可是泰门却拒绝了,他不想再与人类有任何的瓜葛。艾西巴第斯告诉泰门自己要去攻打雅典,泰门说:"愿天神降祸于所有的雅典人,让他们一个个在你剑下丧命。等你征服了雅典

以后,愿天神再降祸于你!"

"为什么降祸于我,泰门?"艾西巴第斯不解地问道。

"因为天生下你来,要你杀尽那些恶人,征服我的国家。"泰门说道,他要艾西巴第斯不要被人们的外表所迷惑,不要因为老头有白胡子就可怜他,因为他会是一个放高利贷的;也不要因为妇女的表面贤淑、处女的秀美而放下利剑;更不要因为婴儿的哭泣而心生慈悲,他们所有人都该被活活剐死。他还给了艾西巴第斯许多金子,要他把这些金子拿去分给兵士们,让他们去造成一次大大的纷乱,把雅典城夷为平地。随后,泰门又祈祷神明,把艾西巴第斯这个征服者也毁灭掉。

可是,贪婪的艾西巴第斯却只愿接受泰门的金子,而不愿接受他的劝告。艾西巴第斯的两个情妇也厚颜无耻地向泰门索要金子,并声称只要有金子,她们什么都愿意干。泰门诅咒他们一起死在阴沟里,让他们多去杀死几个人,然后再回来向他索取金子。艾西巴第斯等人为了不惹怒泰门,便暂时离开了。

艾西巴第斯离开后,泰门又遇见了哲学家艾帕曼特斯。艾帕曼特斯对泰门说:"人家指点我到这儿来。他们说你学会了我的举止,模仿着我的行为。"

"因为你还不曾养一条狗,否则我倒宁愿学它。"泰门答道。

艾帕曼特斯认为泰门这种样子不过是一时的感触,是因为命运的转移而发生的怯懦的忧郁。他劝泰门聪明一点,为了更好地生活下去,去做一个献媚的人,在那些毁荡了他家产的家伙手下讨生活。泰门立即否定了艾帕曼特斯的想法,并骂他是个傻子。艾帕曼特斯继续劝道:"要是你披上这身寒酸的衣服,目的只是要惩罚你自己的骄傲,那么很好。可是你是出于勉强的,倘然你不再是一个乞丐,你就会再去做一个廷臣。你如果坚持这样困苦的生活,还不如速速

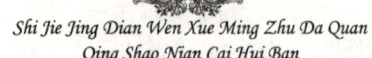

求死。"

"我不会听一个比我更倒霉的人的话而去寻死。我曾经呼风唤雨，人人对我崇拜拥护，现在却只与树根为伴。像我这样享福过来的人，一旦挨受这种逆运，会是一件难堪的重荷。而你是一个奴隶，命运温柔的手臂从来不曾拥抱过你，所以你不会理解我的心情。要是你从呱呱坠地的时候就跟我们一样，可以随心所欲地享受这浮世的欢娱，你一定已经沉溺在无边的放荡里，把你的青春消磨在左拥右抱之中。"泰门说道。他与艾帕曼特斯唇枪舌剑，互相辱骂对方，坚持自己的价值观和世界观，一步也不退让。但他们却都认为雅典已经变成一个众兽群居的林薮。

眼看争论无果，艾帕曼特斯便决定离开，临走前他对泰门说："我要去对他们说你有金子，不久他们就要蜂拥而来了。"

泰门听了，很气愤地赶走了艾帕曼特斯。谁知，艾帕曼特斯刚走，又来了一群窃贼。这些家伙心想泰门不爱惜金银，只要稍微吓唬他一下，他一定会双手奉上金子。他们声称自己是穷光蛋，公然地向泰门索要金子。泰门并没有辱骂他们，在他看来，这些人明目张胆地做贼，并没有蒙着庄严神圣的假面具，而那些道貌岸然的正人君子，才是最可怕的大盗。他把金子送给这些盗贼，鼓励他们放手偷窃、尽情杀人，他说："你们所碰到的人没有一个不是贼。到雅典去，打开人家的店铺，不要有什么顾虑，你们所偷到的东西本来就是贼赃。不要因为我给了你们金子就不去做贼，不要让金子断送了你们的性命！"

盗贼们听了泰门的话，反而不愿意做贼了，他们知道泰门因为痛恨人类，所以才这样劝告他们，他们决定放弃本行，无论时世怎样艰难，都要安分度日。

盗贼们离开后，忠实的管家弗莱维斯也赶到了树林。他看到泰门衣衫褴褛，面容枯槁,简直不敢相信。他不明白为什么善良的人竟会得到如此恶报。他走过去向泰门打招呼,可是泰门已经忘记了所有的人,弗莱维斯悲伤地说:"请您不要把我当作陌生人,我的好大爷,请接受我同情的吊慰。我还剩下不多的几个钱,请您仍旧让我做您的管家吧。"在弗莱维斯的一再表白下,泰门终于承认这世界上还有一个正直的人,他说:"你虽然不再受我的憎恨,可是除了你以外,谁都要受我的诅咒。我想你这样老实,未免太不聪明,因为要是你现在欺骗我、凌辱我,也许可以早一点得到一个新的主人。许多人都是踏在他们旧主人的颈子上,去侍候他们的新主人的。"但他仍怀疑弗莱维斯的好心是别有用意。

"相信我,我最尊贵的大爷,我愿意把一切实际上或是希望中的利益,交换这一个愿望:只要您恢复原来的财势,就是给我莫大的报酬了。"弗莱维斯说道。

但是,泰门并不理会他的忠心,他送给弗莱维斯一些金币,让他快快活活地去做个财主,因为他不想再看见人类的面目。

五

孤独死亡的贵族

上天似乎是个爱作弄人的家伙,总是不能让人随其所愿。泰门越是讨厌人类,越是有更多的人前来打扰他。诗人和画师从艾西巴第斯那里听说了泰门送人金子的事,急忙赶到树林。他们认为泰门很快就会再在雅典扬眉吐气,高居要津了,所以这次绝对不会白来,一定可以满载而归。

"您现在有些什么东西可以呈献给他?"诗人问画师。

"现在只是专程拜访,东西可什么也没有。这年头儿最通行的就是空口许诺,它会叫人睁大了眼睛盼望,要是真的实行起来,那倒没有什么稀罕了;只有

那些老实愚蠢的人,才会把说过的话认真照办。诺言是最有礼貌、最合时尚的事,实行就像一种遗嘱,证明本人的理智已经害着极大的重症。"画师答道。

他们来到泰门面前,诗人首先开口说道:"尊敬的泰门,我们高贵的旧主人!先生,我常常受到您慷慨的施恩,听说您已经隐居避世,您的朋友们一个个冷落了踪迹,他们那种忘恩的天性——啊,没有良心的东西!上天把所有的刑罚降在他们身上也掩盖不了他们的罪孽!嘿!他们居然会这样对待您,我简直气疯了,想不出用怎样巨大的字眼,才可以遮盖这种薄情无义的弥天罪恶。"

"我们两个人常常受到您的霖雨一样的赏赐,我们专程来此,想要为您略尽绵力,为了替您服役的缘故,只要是我们能够做的事,我们都愿意做。"画师也赶紧表衷心。

泰门很清楚这两个家伙是为了自己的金子来的,戏弄过他们后,便把他们赶走了。

正在这时,两位元老在弗莱维斯的带领下找到了泰门。"尊贵的泰门,忘记那些我们自己所悔恨的事吧,我们承认过去对你太冷酷无情了。元老们众口一词地诚意要求你回到雅典去,他们已经准备了许多特殊的荣典,等你回去接受。现在雅典的公众已经感觉到他们为了不曾给泰门援手,已经失去了一座患难时可以依靠信任的城堡。"原来,气势汹汹的艾西巴第斯已经攻进了雅典城,向雅典的城墙摇挥他的咄咄逼人的剑锋,他像一头横冲直撞的野猪似的,捣毁了国家的和平。那些健忘的贵族这时才想起泰门,泰门过去曾是勇猛善战的将军,只有他才能够应付当前的局面,打退艾西巴第斯的疯狂进攻。

可是如今的泰门已经脱胎换骨了,用他自己的话说,如果借给他一颗愚人的心和一双妇人的眼睛,他就会因为听了这种温和的安慰而哭泣起来。他对艾

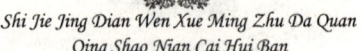

西巴第斯杀死自己的同胞,把美好的雅典城劫掠一空,把那些善良的老人家揪着胡须拉走,让那些圣洁的处女们去受那疯狂的、兽性的战争的侮辱完全不在乎,那横暴不法的敌营里的每一把屠刀,都比雅典最可尊敬的咽喉更能获得他的好感。"但是为了减轻他们的忧虑,解除他们对于敌人剑锋的恐惧,我愿意给他们一些善意的贡献,指点他们避免狂暴的艾西巴第斯的愤怒的方法。"泰门似乎有所转变,元老们听了很高兴,但是紧接着他又说:"我的住处附近有一棵树,告诉全雅典的人,叫他们按照各人地位的高低,在那棵树未遭砍伐以前自己缢死。"

元老们知道泰门的愤懑不平之气,已经深植在天性之中,再也消解不掉了,他们最后的希望也破灭了,只得失望而归,凭着残余的力量,尽力挽救危局。

当艾西巴第斯强大的军队攻进雅典城,泰门已经在绝望中孤独地死去,他葬身在大海的边沿,在他的墓石上刻着这样几行文字:"残魂不可招,空剩臭皮囊;莫问其中谁:疫吞满路狼!生憎举世人,殁葬海之澨;悠悠行路者,速去毋相涸。"这几句话很贴切地反映了泰门后半生的心境,他憎恨人类,蔑视人类凉薄的天性里自然流露出来的眼泪。

李尔王

一

李尔王分家产

不列颠国王李尔的三个女儿都长得美丽漂亮,国王对她们宠爱有加,而他最喜欢也最疼爱的是最漂亮的小女儿考狄利娅。大女儿高纳里尔和二女儿里根都已经嫁人了,分别嫁给了奥本尼公爵和康华尔公爵。虽然小女儿考狄利娅还没有出嫁,但向她求婚的人却多如牛毛,最后在国王和考狄利娅的多次挑选后,只剩下法兰西国王和勃艮第公爵两方人马被留了下来,至于最后把小女儿嫁给谁,李尔还在考虑当中,最后他决定把两个人留在宫中,多做观察之后再决定把考狄利娅嫁给谁。

这么多年来,李尔王一直尽心尽力地治理着国家,岛上无论大小事都要由他亲自做决定，由于国事繁多再加上年事已高导致他的身体逐渐衰弱，渐渐地对操持国家有些力不从心了。这些日子，他一直在考虑把国家的事务交给年轻人们去处理，自己只留个国王的称号就可以了。这样做的话，自己就可以安心养好自己的身体，也能让自己的晚年过得轻松快乐一些。想到这里，李尔便叫人把国家的版图拿来，他把自己的国土分成了三部分，然后又叫人清点了一下国库的财产，也分成了三份。虽然他最疼爱的是小女儿考狄利娅，但他觉得三个女儿对自己都很好，打算把自己的国土、财产以及权力平均送给三个女儿。

一切都准备好之后，他把三个女儿以及女婿，以及朝中的重要大臣们叫到了自己的身边，把自己的想法告诉了他们，并对他们说：''我的年纪也不小了，身体也越来越不好了。我想把治理国家这样重大的责任交给你们这些年轻人去做。我已经把我的国土分成了三份，分别送给我这三个女儿做嫁妆。我最亲爱的三个女儿，现在我来问你们一个问题，你们中间哪一个最爱我？我想知道你们中间谁最有孝心，谁最贤德，我就会把最大的恩惠给谁。现在，你们想想谁先说呢？''

老国王的话刚说完，大臣们便在下面议论了起来，大臣们都觉得国王这个决定过于草率，都想劝国王打消这个念头，好不容易有个大臣鼓起勇气要说的时候，却被李尔的大女儿高纳里尔给打断了。大女儿高纳里尔长着一副伶牙俐齿，当她听见父亲问起谁最爱他的时候，她心想：''只要我把对父亲的爱说得越美越动听，父王就会越高兴，到时候就会分自己越多的土地。''想到这里，她抢先开了口，她对李尔说：''父王，我对您的爱不是只言片语就可以表达的，我爱您胜过爱自己的眼睛，甚至于胜过这世上所有的奇珍异宝，我对您的爱是不能用任何单位来计量的。''

大女儿的话让老国王李尔既感动又高兴，他没有想到自己在大女儿心中的

地位居然这样的高,他高兴地拿过版图边指边对高纳里尔说:"从这条界线起,一直到这条界线为止,这里的一切,包括山川河流、农场牧场,都是属于你和你丈夫的了。"二女儿里根见大姐的几句话就哄得父亲这么开心,还把那么大的疆域给了大姐,心里有些不甘心,她觉得说父亲爱听的话自己并不比大姐差,想到这儿,她微笑地对李尔说:"父王,我拥有着和姐姐一样的善心,从她的身上你就会看到我的影子。姐姐刚刚所说的那些话也正是我心里所想的。但是姐姐还不能完全表达出我对您的爱,我觉得这世上没有任何的事物能让我感到真正的快乐,只有深爱您,深爱我的父亲才是我最大的幸福。"

二女儿的话使得李尔更加开心快乐,他没想到自己在女儿们的心中居然占有这么重要的地位。他微笑着拿起版图对里根说:"我的好女儿,这块国土从今天起就归你和你的丈夫所有了。你所得到的和你的姐姐一样大,财富也是一样多的。"说完他看向自己最疼爱的小女儿考狄利娅,宠溺地对她说:"现在轮到我最疼爱的宝贝了,你有什么话想对父王说呢?相信我,只要你说了,一定会得到比你的两个姐姐还要多的嫁妆。"

从私心上来说,李尔希望能从小女儿嘴里听到更动听的话语,这样他就可以名正言顺地多分一些财产给她。考狄利娅是一位诚实善良的姑娘,她不会像两位姐姐那样说些奉承父亲的话,她觉得自己对父亲的爱不一定要说出来,只要她心里明白最爱的就是自己的父亲,这样就够了。考狄利娅低头想了想,然后摇了摇头,对父亲说:"父王,我没有什么可说的。"考狄利娅的话让李尔以及在场的所有人都感到非常的吃惊,李尔没有想到自己的小女儿居然没有话想对自己说,他有些生气地对考狄利娅说:"你真的没有什么想对我说的吗?如果没有,在我这里你将什么都得不到。"看到父亲有些生气,考狄利娅不知所措地想了想,然后诚恳地对李尔说:"父王,我是一个愚笨的人,不会用言语把我心里想的说出来,我只能说,我爱您就像爱我的名分一样,一分不多,一分也不少。"

考狄利娅所说的话正是她心里所想的,她一直深爱着自己的父亲,她不会像自己的两个姐姐那样说些虚假的话,来哄父亲开心,更不会为了多分些国土去说些花言巧语来博得父亲的宠爱。虽然考狄利娅所说的是真心话,但在李尔听来却是对自己的不敬,他没有想到自己平时最疼爱的小女儿,会说出这样令他失望的话。但他还是不忍心什么都不分给考狄利娅,他对小女儿说:"我亲爱的女儿,我希望你能修改一下你刚才所说的话,要不然你会因此而毁掉自己的命运。"考狄利娅真诚地对父亲说:"父王,这么多年您辛苦地把我养大,处处疼爱我,珍惜我。对于您对我的恩情,我也一直尽责地敬重您,爱护您。但是,我没有办法做到像姐姐们所说的那样,在这个世界上谁都不爱只爱您,这我是做不到的。如果两个姐姐真的是爱您的话,又为什么要嫁人呢?如果有一天我也嫁了出去,那么我将会把我一半的爱分给我的丈夫,我将会用一半的精力去照顾我的丈夫和我以后的孩子。如果我也像姐姐们所说的那样去爱您,那我一定不会像她们一样再去嫁人的。"

考狄利娅这番真诚的话语不但没能打动李尔的心,反而使他勃然大怒。世上就有那么一些人,专门喜欢说些花言巧语、阿谀奉承的话去哄别人开心,也有一些人心地善良,对人对事都是诚实肯干,不会多说任何奉承的话语。偏偏有一些人被虚荣心蒙蔽了耳朵,专门喜欢听奉承自己的话,而对那些说实话的人感到厌恶和憎恨。

二

考狄利娅离开了不列颠

李尔现在就是这样的一个人,他没有想到小女儿会当着这么多大臣们的面说出这样的话,他感到非常的生气和伤心,他大声对小女儿说:"没有想到你年纪轻轻的,居然这样没有良心。既然你说你的心是忠诚的,那么就让你的忠诚作为你的嫁妆吧!我现在对着神明发誓,从现在起,我要和你断绝一切父女和血亲关系,从此以后我只会把你当陌生人来看待。"李尔的话再一次震惊了在场的所有人,老臣肯特见国王要和最真诚的小女儿断绝父女关系,急忙上前想要劝阻,却被李尔打断了下来,他生气地对肯特说:"不管你现在想要说什么,都请你闭嘴。考狄利娅是我最疼爱的女儿,原本我是打算以后跟着她生活的,我

相信在她的精心照顾下，我的晚年一定会过得很幸福。但我没有想到她居然是这样一个没有良心的人，还口口声声说对我是最忠诚的，那就让你的忠诚作为你的嫁妆吧。现在我宣布，把原本要分给考狄利娅的国土平均分给她的两个姐姐高纳里尔和里根。"

接着国王又把他的两个女婿奥本尼和康华尔叫到了身边，对他们说："我的两个女儿已经得到了属于她们的嫁妆，现在我决定把我的权力和王位一并交给你们，我只在自己身边留一百个侍卫，以后我将会在你们两个国土上轮流居住，由你们来照顾我。除了国王的称谓，剩下其他的大权全部交给你们。为了证明我今天说的话有效，我决定把我的王冠也交给你们。"说着便把王冠交到了两位女婿手里。

大臣肯特原本就对国王没有分给小女儿任何财产感到不满，现在又看到国王把权力这样轻易地就交给了两位女婿，一时间非常的生气，他忘记了自己的地位，大声地指责李尔，对他说："陛下，现在我已经不知道什么是礼貌了，作为一位尽职的大臣，我不得不说一些话了。我觉得您是不是疯了？您到底想要做些什么？瞧瞧您都做了一些多么愚蠢的决定，我希望您能重新考虑一下你所做的决定。您的小女儿并不是最不孝顺的一个，相反她是最爱您的人呀，她虽然不会说些花言巧语，但这并不代表她是一个无情无义的人啊。请您相信我的判断，如果我的判断是错的话，你大可取了我的性命。我的性命原本就是您给的，现在为了您的安全，我也不怕再一次失去性命。"

原本就被小女儿的话气得半死的李尔，听见自己最忠诚的大臣居然说出这样大逆不道的话，非常的生气，他愤怒地拔出腰间的佩剑，想要一剑了结了肯特的性命，却被站在一旁的奥本尼和康华尔给劝阻了，他们劝告国王，肯特也是一时心急才说出了这样大逆不道的话，看在以往他为国家出了不少力的份上，就饶了他这一次吧。李尔在两位女婿的劝说下，慢慢地放下了手中的剑，但他还

是觉得很生气，便严厉的对肯特说："看在你以往为国家出了不少力的份上，我今天饶了你的性命，但我不能这么轻易地就放过你。现在我给你七天时间收拾你的东西，然后离开我的国土，如果十天以后，让我在我的国土范围内看到你的影子，到时候我一定毫不留情地杀死你。现在你可以滚出我的大殿了。"说完，他便叫人把肯特轰了出去。

怒气难消的李尔见肯特被轰走以后，他又把法兰西国王和勃艮第伯爵叫到了面前，他先是对勃艮第伯爵说："你是我小女儿的追求者之一，当我还宠爱她的时候，我把她看得比我的命还要珍贵，可现在她在我心目中已经毫无地位了。我对她现在只有厌恶和憎恨，不会给她任何的嫁妆。如果你觉得一无所有的她还值得你喜欢的话，那你就把她带着吧。不过我要告诉你，我和她已经断绝了任何关系，从此以后她将得不到任何的照顾和祝福。现在请你告诉我，你还愿意娶她吗？"勃艮第是一位很现实的伯爵，当初他之所以会追求考狄利娅，不仅仅是被她的美貌所吸引，还有她所带来的身份、地位以及嫁妆。当他听见国王决定什么都不给考狄利娅之后，便决定不再考虑这门亲事了。

李尔见勃艮第没有说话，便知道他已经不想娶考狄利娅了。接着他又对法兰西国王说："刚刚您也听见了我所说的话，您也应该知道了她现在已经一无所有了。由于我们两国一直都友好往来，我对您也是十分的尊重，所以我是不会把一个我所憎恨的人嫁给您的，您还是放弃这个没有任何价值的女人，去重新寻找您的伴侣吧。"法兰西国王并不知道发生了什么事，他疑惑地问国王："这到底是怎么一回事，刚刚她还是您眼中的宝贝，是您赞美的话题，您还说她是您最疼爱最珍惜的人。怎么才一瞬间她就失去您所有的厚爱，她到底做了什么罪大恶极的事情了？"

法兰西国王看着考狄利娅，希望她能告诉自己原因，考狄利娅看了法兰西国王一眼，然后转过身来对自己的父亲说："陛下，我只是没有动人的口才，不会说那些违心的话语,凡是我心里所想的事,我都不愿意在没有付诸行动之前,把它挂在嘴边。如果您是因为这事和我生气,那么我必须让所有人知道,我之所以让你如此的憎恨,并不是我做了什么罪大恶极的事情,而仅仅是因为我没有像姐姐们那样有献媚的眼睛,也没有一条沾满蜜糖的舌头。虽然我因为没有这些而失去了您的宠爱,但我没有后悔过,这使我的人格得到了尊重。"

法兰西国王没有想到,李尔居然是因为这个原因就和自己的女儿断绝了关系,不禁替考狄利娅感到不值,他对勃艮第伯爵说:"你觉得考狄利娅小姐如何?如果爱情里掺杂了其他的东西,那便不是真正的爱情。现在她一无所有,你还愿意娶她吗?你要知道,她自己本身就是一笔无价的嫁妆。"勃艮第想了想,然后对国王李尔说:"陛下,如果您能把原属于考狄利娅小姐的嫁妆还给她的话,我还是会考虑娶她为妻的。"李尔坚决地告诉他,他是不会给考狄利娅任何财产的。听了李尔说的话,勃艮第对考狄利娅说:"对不起小姐,你已经失去了一位父亲,现在你又不得不失去一位丈夫了。"说完便向国王行了礼,然后离开了。

勃艮第的离开,并没有让考狄利娅感到伤心,她自言自语地说:"既然他只是为了财产,那我又何必去做他的妻子。"考狄利娅的美德深深地打动了法兰西国王,他觉得只有这样一位诚恳善良的姑娘,才有资格做法兰西的王后,他深情地对考狄利娅说:"美丽的姑娘,虽然你现在是贫穷的,但你的心却是富有的;虽然你已经被抛弃,但却是最宝贵的,也是我最爱的。现在我要把你和你的美德一起带走,我不会让我的臣民对你有一丝的不尊重,你将会是法兰西国的女主人。和你的姐姐们告别吧,不要感到伤心和难过,离开了这里,你将会得到一个更好的家。"李尔没有想到法兰西国王会真的要娶考狄利娅,他不屑地说:"既然您喜欢她那就把她带走吧,我没有这样的女儿,以后也不想再看见她,你们得不到我任何的祝福和恩惠。"说完便离开大殿走了出去。

三

李尔的不幸开始了

考狄利娅来到自己两个姐姐面前,对她们说:"现在你们是父亲眼中的宝贝,我来向你们告别。从小我们一起长大,你们是什么样的人,我最清楚不过了。但我还是你们的妹妹,不能直白地指出你们的错误。现在我要离开了,我希望你们能够按照你们所说的那样,好好地照顾父亲。如果我没有失去他对我的宠爱,我一定不会让他依靠你们来照顾。"考狄利娅的话让里根和高纳里尔感到很不高兴,大姐高纳里尔生气地说:"我们用不着你来说教,你还是多留点精力去照顾你的丈夫吧,至于父亲的事,还轮不到你这个不孝女来管。"看到姐姐们用这样的态度来对待自己,考狄利娅也就不再留恋什么了,带着对父亲的担心,她和法兰西国王离开了自己的家乡前往法兰西。

考狄利娅走后,高纳里尔便把妹妹叫到一旁对她说:"妹妹,我觉得有些事我们

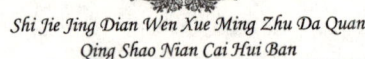

必须谈谈,我们的父亲已经老了,他的脾气变得越来越坏,而且行为也很古怪。你想想,他一向很疼我们的妹妹考狄利娅,可妹妹却得到了什么样的下场?他居然因为一时之气把她赶走了,从这件事情上就能看出他已经老糊涂了。再加上他居然把一直对他忠心的大臣肯特都放逐了,可见他是一个喜怒无常的人,说不定哪天也会把我们赶出去。"里根也觉得姐姐说得有道理,附和着说:"姐姐说的对,我们应该想点办法来对付他,不能让他有机会把我们赶走。"想到这里,两个没心没肺的不孝女,在得到父亲分给她们的嫁妆以后,便开始设计来对付她们的父亲了。

最后两个人商定让父亲轮流在自己家居住,李尔先在大女儿高纳里尔家住下了。高纳里尔虽然得到了父亲分给她的财产,但她却不想尽一点照顾父亲的责任,她一直都在想尽办法要把父亲赶出自己的家。狠心的高纳里尔想指使自己的仆人找借口,去和国王李尔的侍卫打架,然后再以这个为理由让李尔把带来了一百个侍卫都赶走。想好了计划以后,她把管家找来对他说:"告诉咱家的仆人们,都不要去理那个老东西,如果他因此而生气的话,那就更好了,这样我就有理由把他赶到我妹妹那里去了。再有,找几个仆人去和那老东西带来的侍卫打架,我好趁此机会把那些侍卫赶走。这个老东西已经不再拥有什么权力了,居然还想管东管西的,我是不会纵容他这种怪脾气的。"

管家把高纳里尔的话传达给了家里的仆人,高纳里尔家的仆人更是不把李尔放在眼里,对他越来越没有礼貌。可怜的李尔并不知道这一切是自己女儿指使的,他觉得这一切都只是仆人不懂礼貌,便一直找机会想和女儿谈一谈。可高纳里尔却一直避而不见,总是找理由不让自己的父亲见到自己。时间长了,老国王李尔也就看清楚了女儿的真正面目,但他却没有任何反抗的能力,因为现在的他已经没有了财产和权力,面对大女儿的无情,老李尔也只能默默地忍受着。

老臣肯特在被放逐出境以后，心里一直记挂着老国王李尔，他总觉得把国家交给两个口蜜腹剑的女人是不可靠的。在被放逐的日子里，他经常向人打探不列颠国的情况，在得知国王李尔在大女儿那里过得不但不好，还不受人尊重时，不禁流下了伤心的眼泪，他替国王李尔感到不值，最后他决定化装成一个仆人去李尔身边照顾他，他不能让曾经的君王受到如此的对待。老臣肯特化装成一名仆人来到高纳里尔家来服侍李尔，身心受到折磨的李尔并没有认出他来。狠心的高纳里尔为了进一步赶走李尔，居然让仆人们不给他饭吃，老国王李尔饿了肚子直叫，却没有人为他准备饭。他让身边的仆人去给自己做饭，可这位仆人是高纳里尔派来监视他的，又怎么会听命于李尔呢！可怜的李尔身边一个自己的人都没有，不禁伤感地自言自语起来："他们为什么要如此冷淡地对我，是不是我自己太多心了？我的女儿们才不会这样狠心地对我呢，她们是爱我的，唉，我还是先看看再说吧。"

就在他伤感难过的时候，高纳里尔的管家从不远处走了过来，李尔见到之后，连忙上前叫住他，想让他帮忙找人为自己做饭去，可这个管家却是高纳里尔家的狗，他也不把李尔放在眼里，便借机讽刺了国王李尔几句。李尔没有想到，连一个下人都可以对自己如此的无理，他非常的生气，大声骂了他几句。管家正愁没有借口来找他的麻烦，见国王李尔骂了自己几句，就赶紧高声喊了起来，希望能借此把主人高纳里尔引出来，好教训一下这可恶的老东西，他大声地喊着："你不能打我，在这里你什么都不是。"管家的叫声没能把高纳里尔引来，却招来了老臣肯特，肯特揪起他的衣领对他说："你在这里叫唤什么，他不能打你，难道我还不能踢你吗，你个仗势欺人的东西。"说着肯特便一脚把管家踢倒在地，管家虽然心里很不服气，但自己又打不过肯特，便带着不满的情绪灰溜溜地走开了。

世界经典文学名著大全
·青少年彩绘版·

李尔并不知道这个帮自己解围的仆人就是被自己流放的肯特,他十分感激这位仆人。在李尔遭受女儿们的漠视时,在他身边除了老臣肯特之外,还有一个人就是宫廷里的一个小丑。在国王李尔还在位时,非常的宠幸这个小丑,经常在自己心情烦闷的时候,找他出来为自己解闷。在李尔看来,这样的小丑只不过是给人提供欢笑的罢了,并没有给予他太多的重视。可就是这样一个小丑,在李尔把王位交出以后,依然毫无怨言地跟着李尔。他还经常把他两个不孝女儿的事迹编成戏文来唱给李尔听,李尔知道他是在挖苦自己,并不是很在意。可这些戏文却被高纳里尔和里根听到了,便经常会找人打小丑一顿。虽然每次都被打得遍体鳞伤,但他一有机会还是会挖苦他们。

这一天,小丑给老国王李尔讲了一个故事。他对李尔说:"从前有一个国王,在吃完一个鸡蛋以后,用蛋壳做了两个王冠。然后他把两个王冠送给了别人,自己却背着一头驴子过了一个很深的大泥潭。唉,这年头啊,为什么傻瓜会那么多,聪明的人都变得糊涂了起来,没有任何自己的主见,就只会跟着别人依样画葫芦。"李尔觉得这个故事很有意思,便问小丑什么时候学会这个故事的,小丑嘲弄地说:"老爷,自从你把你的女儿当作母亲以后,我就经常讲这个故事。唉,没想到昔日的国君现在居然听我一个小丑讲起故事来了。要是我会说谎话就好了。"老国王李尔并没有听出小丑话里的含义,但他觉得人还是不应该说谎,就告诉小丑不能学会说谎,要不然就用鞭子打他。小丑听后看了李尔一眼,然后慢慢地对他说:"我真怀疑你和你的女儿们到底是不是亲戚,她们因为我说了真话打了我一顿,现在你却说如果我敢说谎的话,你就用鞭子打我,真是叫我左右为难啊。"

四

李尔即将被逼疯

　　李尔正打算继续和小丑说的时候,大女儿高纳里尔怒气冲冲地从不远处走了过来。李尔不知道自己的女儿为什么满脸怒容,便问她发生了什么事,还不等高纳里尔开口,小丑便嘲讽地说道:"以前的你从来都不看自己女儿的脸色,她生不生气都和你没关系,那时的你还算得上是一位好汉,可现在你却要看人家的脸色,这真是……""你给我闭嘴,傻瓜。"没等小丑把话说完,高纳里尔便生气地打断他,然后看向自己的父亲,毫无感情地对他说:"父亲,你怎么可以留这个傻瓜在身边?还有你那些野蛮的侍卫,他们总是找事和我作对,这样的行为是我不能容忍的。原本我以为你知道了这些事以后会严惩他们,结果你却什么都没有做,这不得不让我怀疑是你纵容他们这么做的。既然你不想惩罚他们,那就由女儿我来代劳吧。我已经决定把你带来的那些侍卫赶走一半,如果你不同意的话,那么你可能也不能住在这里了。"

李尔没有想到女儿会这样和自己说话，他生气地问高纳里尔："你还是我的女儿吗？"高纳里尔不屑地说："你还是别再浪费口水了，你的年纪也不小了，还是不要轻易动气的好。不管你同不同意，我都会坚决地把那些鲁莽的侍卫赶出去的。"直到此时，李尔才算看清楚大女儿的真正面目，他大声指责高纳里尔："你个畜生，你在说谎，我的侍卫都是经过我严格审核的，他们都是品行高尚、懂礼貌的人，绝对不会胡作非为的。"他越想越生气，大声地说："马上给我备马，把我的侍卫们都叫过来，我不在你这个不孝女家待了，我要到二女儿里根那里去。"说着他便带着自己的人朝外走去，刚从外面办事回来的奥本尼公爵，不知道发生了什么事，连忙问李尔为什么要走，李尔觉得女婿奥本尼应该和自己的女儿一样狠心，便没有理他，径直往前走，奥本尼根本就不知道发生了什么事，便对李尔说："请您相信我是爱您的，您能告诉我发生了什么事吗？"李尔刚要把事情的经过告诉奥本尼，高纳里尔却走了过来强行把奥本尼拉走，李尔一气之下带着他的侍卫们前往二女儿的国土。

奥本尼是一个正直善良的人，当他从高纳里尔那里了解了事情的经过后，不禁对她的行为感到不满，他略带责备地对高纳里尔说："也许是你自己想得太多了，那些侍卫不会对你构成什么威胁的，你也不应该赶走父亲。"高纳里尔却不以为意地说："做事还是小心谨慎的好，与其时刻防备着别人来暗算我，倒不如我自己把威胁铲除。现在我得赶紧给妹妹里根写一封信，让她像我一样去对待那个老东西，要不然吃亏的可就是里根了。"说完她便跑进房里写了一封信，在信中，她让妹妹里根也用同样的方法赶走父亲。写好之后，她把信交给了管家，让他务必在李尔他们赶到之前，把信交给妹妹里根。

管家接过信以后便马不停蹄地赶往里根的国土把信交给了她，里根打

开信,看见信中写道:"父亲年纪越来越大了,人也跟着糊涂了,这一次他带了一百名侍卫到你那里去,你千万不要收留他。只要我们联合起来这样对他,他才会把那一百名侍卫赶走,等赶走了那些碍眼的侍卫,再对付那老家伙就容易得很了。"里根看完姐姐的信后,很快就明白了信中传达的意思。她先是吩咐仆人好好招待送信来的管家,然后便去找自己的丈夫商量对策。老国王李尔在没到里根的国土之前,便叫肯特先给里根送一封信过去,让她提前做好迎接的准备。当肯特来到里根这里的时候,里根一听说是父亲派来的人,便迟迟不肯接见。等在外面的肯特碰巧遇到了高纳里尔派来的管家。管家一看是上次踢了自己的肯特,不禁上前辱骂了他几句,肯特哪里受得了别人的辱骂,便和管家打了起来。

原本里根就不想理父亲派来的人,又听说父亲派来的人和姐姐派来的人打了起来,就让自己的侍卫把父亲派来送信的肯特绑了起来,还给他带上了脚链。当国王李尔赶到的时候,不但没有看到二女儿出来迎接,反而看到肯特带着脚链被帮在柱子上。李尔不知道发生了什么事,就问肯特:"是不是谁认错人了,是谁把你绑在这里?"肯特告诉国王李尔,是里根和她丈夫叫人把自己绑在这里的。李尔听后不相信地说:"这是不可能发生的事,他们是不会做这种事情的。告诉我,你究竟做了什么事,惹得他们把你绑在这里?"肯特老实地对李尔说:"当我跪在您二女儿面前把信交给她的时候,您的大女儿派她的管家也来给里根送信来了。那个仗势欺人的管家看到我之后,就对我进行了辱骂,我一时气不过就和他打了起来。随后您的二女儿就叫人给我带上了脚链,还把我绑在了这里。"

听了肯特的话,国王李尔开始沉思起来,小丑听了以后非常同情肯特和李尔,便随口编了一首诗来:"父亲穷的时候,儿女都不忍他;父亲有钱的时候,儿女都假装孝顺。命运捉弄人啊，人一穷就会遭人抛弃。"小丑的话激起了李尔内心的愤怒，但他并没有表现出来。他带着侍卫在里根家的门外等了很长时间之后，还是没有人出来迎接自己，便决定自己进去找二女儿和女婿，可门口的仆人却不让他进去。国王李尔压制着心中的怒火，告诉门口的仆人进去通传一声，可仆人却推托说里根夫妇最近因国事过度操劳，此时正在房间里休息不便通传。仆人的话彻底激怒了李尔，他大声责骂仆人对自己无理，然后告诉他马上进去传话，否则就让自己的侍卫打他一顿，仆人没有办法便进去通传了一声。过了一会儿，里根带着她的丈夫康华尔走了出来，多日没见自己的父亲，二女儿里根不但没有先关心一下自己的父亲，反而责备他为什么没有在大姐那住够了日子再来。李尔并没有听出里根责备的语气，反而觉得这是她在关心自己，便悲伤地对里根诉说是高纳里尔的不孝行为逼得他来到了这里。里根不但没有同情自己的父亲，反而对他说："父亲，难道你已经老糊涂了吗？你应该找个比你明白的人来管管自己了。我觉得姐姐让你赶走一半的侍卫并没有错，如果你要是想在我这里待着的话，那么留一半的侍卫都够多的了，在我这只能留二十五个。我劝你还是回到我姐姐高纳里尔那里去吧。"李尔没有想到自己一向疼爱的二女儿会做得比她大姐还要绝，正当他想带着侍卫重新回到高纳里尔那里去时，高纳里尔却带着几个仆人赶来了这里。

五

李尔和考狄利娅父女重逢

老国王李尔几乎用了祈求的语气对大女儿说:"如果你只是赶走我一半的侍卫,就让我留在你那里的话,那么我同意了。只留下五十个侍卫,让我回到你那里去吧。"可现在的高纳里尔却告诉李尔,她没有说过留下五十个侍卫,现在如果想留在她那里的话,只允许带五个侍卫。两个女儿谁也不想把父亲留在自己的身边,便开始你一言我一语地说了起来,她们的目的就是为了把李尔身边的侍卫都赶走,说到最后,老国王李尔忍受不了两个女儿这样对待自己,精神终于崩溃了,他疯了似的跑了出去,在原野上四处乱跑,所有的人都知道他疯了。李尔疯了以后,高纳里尔和里根随便找了个理由便把那一百名侍卫赶走了,现在陪在国王李尔身边的,就只剩下肯特和那个小丑了。

肯特看到曾经高高在上的君王,现在居然被自己的女儿逼疯了,他替老国王感到伤心和难过。他决定把疯了的李尔交给自己的朋友照顾,而他自己则前往法兰西,想找李尔的小女儿考狄利娅寻求帮助。此时的考狄利娅已经嫁给了法兰西国王,成为这里的王后,由于她心地善良,对待国民又好,这里的人们都很喜欢她尊敬她。当肯特来找她的时候,考狄利娅正在房间里休息,侍卫来向她报告说外面有人要见她,并且带来了关于她父亲的消息。考狄利娅虽然嫁到了法兰西,可她的心里却一直记挂着自己的父亲,当她听见侍卫说有人带来了她父亲的消息,便连忙出门迎接。

考狄利娅没有想到来送信的居然是老臣肯特,肯特把这段时间所发生的事情原原本本地告诉了考狄利娅。考狄利娅听见自己的父亲被两个姐姐逼疯以后,不禁流下了眼泪。等到心情平复以后,她对肯特说:"谢谢您对我和我的父亲所做的一切,您的恩德我一辈子都报答不完。现在我要想尽一切办法去解救我的父亲,不能让我那两个狠心的姐姐继续折磨他了。"说完她便起身去找自己的丈夫,也就是法兰西国的国王。考狄利娅告诉自己的丈夫,她想带一支军队去营救自己的父亲,并和她那两个狠心的姐姐拼杀一番。法兰西国王是一位贤明的君王,他同意了妻子的请求,愿意让她带着一队人马去救已经疯了的李尔。考狄利娅带着一支部队来到了不列颠,她先是让肯特带着自己去看自己的父亲。

当他们赶到的时候,肯特的朋友已经找来了医生为李尔治病。考狄利娅着急想见自己的父亲,可医生却告诉她:"我劝您还是过些日子在再看他吧,我们正在为他诊治,在这段时间里病人需要冷静,不能出现情绪波动。"听完医生的话后,考狄利娅决定等到父亲的病好了以后再见他。善良的考狄利娅为了感谢照顾他父亲的医生和人们,她把随身带来的财物都送给了他们,以表示对他们的谢意。经过医生们一段精心的治疗,李尔的病逐渐好转,终于有一天医生告诉考狄利娅可以去见自己的父亲了。

考狄利娅终于见到了朝思暮想的父亲,李尔也因见到了被自己赶走的小女儿而激动地流下了眼泪。父女二人抱在一起痛哭起来,李尔对自己的小女儿怀着深深的愧疚之情,他没有想到自己当初无情地赶走了小女儿,今天陪在自己身边的竟然是什么都没有得到的小女儿。想到这里李尔悔不当初,他痛哭着跪了下来向考狄利娅认错,希望她能原谅自己当初所犯下的错误。考狄利娅连忙扶起跪在地上的老父亲,并告诉他自己从来没有怨恨过他,现在她只希望父亲能过得好。考狄利娅还告诉父亲不可以向自己的女儿下跪的。她诚恳地对父亲说:"父王,您不要再感到自责了,我今天所做的一切都是在做一个女儿该做的事,这都是我的本分。这一次我从法兰西赶过来,就是为了救您于苦海的。"

考狄利娅的话深深打动了国王李尔,他语带愧疚地对小女儿说:"我最亲爱的考狄利娅,我多么希望你能把过去不愉快的事情统统忘掉,原谅我当初所做的错误决定。想想当初我所做的决定,你是有理由不孝顺我的,可你那两个姐姐不应该这样对我呀。"一提到两个狠心的姐姐,考狄利娅脸上露出了愤怒之情,她对父亲说:"父王不要伤心难过,我和她们一样也都是您的孩子,都有义务要好好地照顾您,孝顺您。这次回来我就是要帮您从两个姐姐手里,夺回原本属于你的一切的。"考狄利娅的话再一次打动了李尔,他拉着小女儿的手问起了她在法兰西的生活。

这一边国王李尔和小女儿重逢,而另一边在高纳里尔和里根联手把父亲赶走之后,两个人便开始了自己荒淫无度的生活。她们不仅对自己的父亲不孝,而且还对自己的丈夫不忠。她们背着自己的丈夫在外面偷着找情人。事有凑巧,两姐妹找的情人居然是同一个人,这个人叫爱特蒙。爱特蒙是老臣葛罗斯特的小儿子,是个私生子。葛罗斯特正室生的儿子名叫爱特伽,是爱特蒙的哥哥,爱特伽为人忠厚老实,对人对事总是勤勤恳恳,没有想过去害别

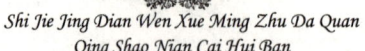

人,是一个正直善良的好人。正是因为爱特伽的善良诚恳,深得葛罗斯特的喜爱。而小儿子爱特蒙他却很少在人前提起,爱特蒙天生机灵嘴巧,他经常对父亲说一些他爱听的话,使得葛罗斯特也很喜欢他,便也经常带着他去宫中走动,因此使他认识了不少宫中的大臣。

爱特蒙表面上是一个人见人爱的正人君子,实际上却和他的哥哥爱特伽有着天壤之别。爱特蒙是一个自私自利的人,为了达到自己的目的,不惜牺牲任何人。一直以来他都担心父亲的爵位日后会由哥哥爱特伽继承,而自己将会什么都得不到,便总想找机会除掉自己的哥哥。

他知道自己不能用直接的方法去害死爱特伽,因为如果那样做的话,会让全城的人知道自己的罪行,到时候会给自己留下不好的名声。为了除掉爱特伽,又能让自己留下一个好名声,爱特蒙想到了一个两全其美的好办法,就是离间父亲和哥哥之间的感情,在离间的过程中,他必须让人相信他是一个既尊重兄长又孝敬父亲的人。

心狠手辣的爱特蒙写了一封假信,在信中他写着自己的哥哥爱特伽想要害死自己的父亲。写好之后,他便制造机会让自己的父亲看到这封信。当葛罗斯特看到这封信之后,果然中了爱特蒙的奸计,葛罗斯特对爱特伽充满了愤怒之情,爱特蒙趁此极力地假装替哥哥说好话。爱特蒙知道,自己越是为爱特伽说好话,父亲就越会相信爱特伽想要加害于自己。爱特蒙在激怒了父亲的同时,又来到了哥哥爱特伽身边,对他说:"我亲爱的哥哥,父亲不知道发什么神经,居然派人要抓你,并且抓回去之后就把你判处死刑,我劝哥哥您还是趁早逃走吧。"

六

战争胜利了

爱特伽是一位忠厚老实的人,他以为爱特蒙是真的为自己好,便同意了他的想法,趁着父亲派出的人还没到的时候逃走了。而爱特蒙为了进一步加深葛罗斯特对爱特伽的误会,便用自己的剑把胳膊砍伤,然后回去告诉父亲,自己极力劝说哥哥回来向父亲赔罪,哥哥不但不听自己的话,还砍伤了自己。葛罗斯特听后更加的生气,他发誓一定要找到爱特伽,然后把他判处死刑。可怜的爱特伽顶着莫须有的罪名,有家不能回,只能在外面流浪,最后隐姓埋名成了乞讨之人。爱特蒙却名正言顺地继承了父亲的家产,并且葛罗斯特也答应把爵位传给他。爱特蒙是一个心急之人,他虽然得到了家产,可爵位一职却只能在父亲死了之后才可以继承。

他觉得只要父亲一天不死,他的爵位便得不到手,想到这里,狠心的爱特蒙决定连自己的父亲也一起除掉。在这期间,他一直在寻找着杀害自己父亲的机会。

终于有一天他逮到了一个机会,在高纳里尔和里根逼疯李尔以后,在一个雷电交加的夜晚,疯癫的李尔没有去处,只能在大雨中乱跑着,善良的葛罗斯特不忍心看着李尔遭受这样的折磨,便背着高纳里尔和里根把老国王带到了一个草屋里,让他暂时在那里躲避风雨。

葛罗斯特的行为被爱特蒙无意间发现了,他便把这件事偷偷地告诉了里根夫妇,里根夫妇听说葛罗斯特竟然敢暗中帮助李尔,不禁对他怀恨在心,想要把他置于死地,但却没有正当的理由。没多久,小女儿考狄利娅带着自己的军队来找高纳里尔以及里根夫妇为父亲报仇,爱特蒙觉得这是一个难得的好机会,便又偷偷写了一封假信给里根夫妇,告诉他们葛罗斯特和法兰西的军队有所勾结,并把那封信当作了通敌的证据。里根夫妇信以为真,以为葛罗斯特真的私通法兰西,一气之下挖掉了葛罗斯特的双眼,并把他驱逐出境。可怜的葛罗斯特双目失明,再加上没人照顾,不久便不幸身亡了。爱特蒙的奸计终于得逞了,他顺利继承了父亲的爵位。

里根的丈夫康华尔是一个心狠手辣的人,当初挖掉葛罗斯特双眼就是他下的命令,全城的人们都对他恨之入骨,就连他的手下都看不过去他残暴的行为,终于有一天,他的一个侍卫趁他不备把他杀死了。里根的丈夫康华尔死后,她便成了年轻的寡妇,天性淫荡的里根在丈夫死了没多久,便找爱特蒙来当自己的情人。爱特蒙是一个处事圆滑的人,又会说些甜言蜜语,不但深得里根的喜爱,也让高纳里尔对他充满了信任和喜爱。两姐妹因为同时选择了一个情人,不免经常争风吃醋起来。没过多久,考狄利娅带着军队打了过来,里根便派爱特蒙率领军队去和考狄利娅作战。原本法兰西国王是要陪着考狄利娅一起来的,结果在半路上国王接到紧急通知让他马上回国,只能让考狄利娅一个人带着军队来了。

考狄利娅的军队和爱特蒙的军队在战场上进行了一场激烈的拼杀,由于爱特蒙率领的军队人数占优,最终打败了考狄利娅所带领的军队,并活捉了考狄利娅,把她关在了监牢里,老国王李尔也被那狠心的姐妹关了起来。里根见爱特蒙打了胜仗,对他的喜爱之情更多于从前,便决定要嫁给爱特蒙。这个消息传到了大女儿高纳里尔那里,她非常生气和不甘心,她觉得爱特蒙应该是属于自己的,狠毒的高纳里尔为了要把爱特蒙据为己有,竟然在里根的饭菜里下了毒,把自己的妹妹给毒死了。高纳里尔的丈夫奥本尼听说爱特蒙是自己妻子的情人,后来也知道了就是因为这事,自己的妻子居然狠心毒死了自己的妹妹。奥本尼非常的生气,派人把高纳里尔关了起来。

高纳里尔没有想到自己做了那么多事,结果却只能在监牢里了此残生,觉得自己活着也没有什么意义了,便在监牢里自杀身亡。高纳里尔死了,没有人同情她,因为她干了太多的坏事,可以说她的死是罪有应得。不列颠的人们却一直在关注和同情着被困的考狄利娅,人们一直想尽办法要救她出来,可却一直都没有成功。不列颠的人们想要营救考狄利娅的事情,被坏心肠的爱特蒙知道了,为了不让考狄利娅有逃走的机会,他竟然狠心悄悄地在监牢中害死了考狄利娅。当人们知道善良的考狄利娅死了的消息,都为她流出了悲伤和惋惜的眼泪。

考狄利娅被杀害的消息传到了老国王李尔那里,老国王眼泪纵横悲伤不已,他愤恨地高呼着:"我一定要亲手杀死爱特蒙那个畜生,为我可怜的小女儿报仇。"由于过度的悲伤,导致李尔的精神又不太正常了,而老臣肯特却一直服侍在他身边从未离去。肯特经常在李尔身边安慰他,希望他能接受考狄利娅已经死了的事实。有时李尔精神不正常地说:"我是不是已经把他杀死了?以前我还年轻的时候,只要我一举起刀就会把那些敌人吓得四处乱窜,现在我老了,经历了太多的磨难,已经一天不如一天了。"有时却又非常的清醒,就像现在这样,他仔细地端详着肯特,问他:"你是谁?请你诚实地告诉我,我的眼睛已经看不太清楚了,你是肯特吗?"肯特没有想到国王李尔居然还记得自己,他激动地告诉李尔自己就是肯特。李尔激动地说:"肯特是一个好人,但他却有些冲动,生气起来还会打人,这么多年没见,我以为他已经死了,没想到你居然还活着。"就在两个人互相感慨的时候,有人来报告他们说:"陛下,阴险狡诈的爱特蒙已经在战争中被杀死了。"听到这个消息,李尔的内心平静了许多,也算是对死去的考狄利娅有了交代。一直以来奥本尼公爵都是个正直善良的人,他见所有的恶人都已经得到了报应,便把老国王李尔请到了城内,奥本尼对全城人说:"爱特蒙那个小人的死只不过是一件小事,现在我要宣布的是,对于我们身体微弱的老国王,我们要尽最大的努力给他理解和安慰。在他在世的时候,把原属于他的权力交还给他。我还要恢复忠心耿耿的老臣肯特的职位,所有对国家忠诚的人都将得到奖赏,而坏人也都将得到应有的惩罚。"心力交瘁的老国王李尔精神已经彻底崩溃,在听完奥本尼所说的话之后便昏死过去,再也没有醒来。人们都觉得奥本尼为人忠诚善良,便让他继承了王位。经历了风风雨雨的不列颠国民,在奥本尼的治理下终于过上了平静的生活。

罗密欧与朱丽叶

一

世仇的两家——蒙太古和凯普莱特

蒙太古和凯普莱特两个家族有着极深的世仇,连两家的仆人在街上遇见都会彼此打骂起来。这一天,凯普莱特家的两个仆人正在大街上谈论着蒙太古家,其中一个仆人咬牙切齿地对另一个说:"每次看到蒙太古家的人就有气,从主人到仆人都是那样的软弱无能,我真恨不得一剑杀了这些和狗没什么区别的畜生。最好不要让我遇到他们家的人,否则,我可不管是男是女都会要他们的命。"另一个也在一旁附和着。两个人不仅诉说着对蒙太古家的痛恨,还夸赞自己家的主人曾经如何对付蒙太古家里的主人和仆人,说他们家的主人是如何的勇猛。

正当这两个仆人说话的时候，恰巧遇到两个蒙太古家里的仆人出门办事，正朝他们的方向走来。两家的仆人一看到自己憎恨的人出现在面前，马上便吵了起来。凯普莱特家的仆人恶狠狠地对蒙太古家的人说："你们不是要和我们吵架吗，我们奉陪到底。你是你家主人的仆人，我们也是我家主人的仆人，难道说我家主人就比不上你家主人吗？"蒙太古家的仆人不屑地说："你们家的主人怎么能和我们的主人相比，根本就比不上。"几个人越吵越厉害，最后动手打了起来。就在这时，蒙太古的侄子班伏里奥带着仆人赶了过来，把打得不可开交的仆人分开。班伏里奥虽然是蒙太古的侄子，但他很少参与两家的斗争。正在他训斥自家的仆人时，凯普莱特夫人的侄子提伯尔特也带着一帮仆人赶了过来。他见班伏里奥在场，连忙拔剑向他刺去。

班伏里奥原本只是来劝架的，他没想到凯普莱特家的人如此的嚣张，便也拔出了宝剑和他打了起来，两家的仆人也扭打在了一起。凯普莱特和蒙太古听说两家人又在街上打了起来，两个人也又各自带了一些人来到街上，帮助自己家人打对方的人。这时街上的一些民众也都参与了进来，有的帮着蒙太古家大骂凯普莱特，有的帮助凯普莱特厮打蒙太古家的人。一时间街道上混乱不堪，这事惊动了当地的亲王，亲王带着人马来到街道，把两家人分开，严厉地训斥了凯普莱特和蒙太古，说他们不应该在街上打架，扰乱了街道的治安。

两家人在亲王的调和下，各自回家。蒙太古在回家的路上忽然发现，在今天的打斗中没有看到自己的儿子罗密欧。罗密欧是蒙太古唯一的儿子，蒙太古对他宠爱有加，很怕他在打斗中伤到自己。他连忙问身边的班伏里奥有没有看到罗密欧。班伏里奥不仅是蒙太古的侄子，也是罗密欧的好朋友。他对蒙太古说："伯父，罗密欧最近心情比较烦闷，早上我在城西的树林里，看到他在那里散步。原本我是想过去和他聊两句的，但又想到他最近心情不好，就没有过去。

伯父,您知道他最近为什么烦恼吗?"蒙太古听见儿子并没有参加这次打斗,便放下心来,他对班伏里奥说:"只要他没参加打斗就好,至于他最近有什么烦恼的事,我就不太清楚了。你也知道我那儿子,有什么事都憋在心里不和任何人讲。如果我能知道他的悲伤和痛苦是从何而来,我就一定会想办法让他开心起来。"

他们正说着的时候,罗密欧唉声叹气地从远处走来,为了知道他为什么愁眉苦脸,班伏里奥便向他走去和他聊了起来。班伏里奥问罗密欧最近因为什么事不开心,起先罗密欧只是叹息,什么都不肯说,后来在班伏里奥的一再追问下他才说,自己不开心的原因是因为一位叫罗瑟琳的姑娘。原来罗密欧最近认识了年轻貌美的罗瑟琳,他非常喜欢罗瑟琳,并且把自己的爱意告诉了她,可罗瑟琳却对爱情不屑一顾,她曾立誓终身不嫁,对于罗密欧的追求她总是不加理睬,甚至闭门不见,为此罗密欧非常的苦恼和烦躁。

在家的时候,罗密欧经常一个人躲在房间里,闭紧了房门和窗子,对于外界的一切都置之不理。偶尔会去城西的森林里散散步,感受一下大自然的风光,但这一切都没有办法排解他内心的苦闷,整天愁眉苦脸唉声叹气。班伏里奥听完之后,也替自己的好友感到惋惜,他安慰罗密欧说:"我亲爱的兄弟,不要再继续苦恼下去了,听我一句劝告,忘记那位姑娘吧。"罗密欧叹了一口气,哀伤地说:"我又怎么能够轻易忘掉她呢!她是如此的娇艳动人,她那美丽的模样早就刻在了我的心里。除非让我遇到一个比她更美的姑娘,要不然我想我是不会忘记她的。"罗密欧虽然嘴上这么说,但他的心里还是记挂着罗瑟琳,他觉得世上不会有比她更美的姑娘了。班伏里奥见罗密欧还是一脸悲伤的样子,他拍了罗密欧一下,对他说:"不要灰心我的兄弟,你要相信我,现在的你只是还没有遇到比她更好的,等你真正遇到时,你就会忘记她,你的思想也会跟着释放开来。"

两个人边说边走着,这时从后面走来一个人叫住了他们。这个人是凯普莱特家的仆人,凯普莱特打算在今晚举行一个晚会,他让人写了一份要邀请的人的名单,让这位仆人去请这些人,可这位仆人不识字,他便想在街上找个人帮他念一念名单上的名字,以免漏掉了该请的客人。结果在路上遇到了班伏里奥和罗密欧,这位仆人并不知道他们两个是蒙太古家的人,他很有礼貌地对罗密欧说:"请问先生你识字吗?如果你识字的话,可以把这份名单上的名字念给我听吗?"说着他便把名单递到了罗密欧手上,罗密欧接过名单看了看,上面写着全城有名望贵族的名字,以及一些社会名媛。罗密欧帮助仆人把名单上的名字念了一遍,这位仆人非常的感激罗密欧,对他说:"您还不知道吧,我是凯普莱特家的仆人,今天晚上我家老爷将在家里举行一个盛大的晚宴以及一个化装舞会。如果您不是蒙太古家族里的人,晚上就请来我们老爷家喝杯酒吧,这也算是我对您的一种感激之情。"仆人向罗密欧致谢之后便离开了。

二

罗密欧和朱丽叶互生爱意

  站在一旁始终没说话的班伏里奥对罗密欧说:"凯普莱特家每隔一段时间就会举行一个这样的宴会,刚刚我在名单中看到了你所喜欢的罗瑟琳的名字。晚上你也去参加那个宴会吧,到时候全城有名的貌美姑娘都会在场。你千万不要带着有成见的眼光去看,把她的容貌和别人比较一下,你就会发现在这些女子中,你所喜欢的那位姑娘只不过是一只乌鸦罢了。"听了班伏里奥的话,罗密欧开始沉思起来,他觉得自己应该去参加这场宴会,倒不是为了去看其他的女孩,只是想在宴会上看到他喜欢的罗瑟琳大放光彩,把别的女孩都比下去,只要这样他就心满意足了。想到这里,罗密欧便和班伏里奥商议晚上如何混入凯普莱特家的宴会。

  到了晚上,罗密欧和班伏里奥来到了凯普莱特家的宴会上,为了防止被凯普莱特家的人认出他们来,两个人特意带上了面具,由于晚宴之后是化装舞会,所有没有人对他们戴着面具表示怀疑。晚宴过后，大家来到了舞会现场，凯普莱特热情地对来宾说："承蒙各位的厚爱，来参加我举办的舞会。脚趾上没有长茧子的小姐太太们，一会儿有人邀请你们跳舞的时候，一定不要推三阻四啊，否则脚上有可能会长很大的茧子。我年轻的时候也喜欢戴着面具去邀请美丽的姑娘跳舞，那时候啊，一边跳舞一边对身边的姑娘说些他们爱听的话，现在是不行啦，我已经老了，你们这些年轻人尽情地邀请那些漂亮姑娘们跳舞吧。"凯普莱特说完之后便带着夫人坐在一旁休息，把场地留给年轻人们跳舞。

凯普莱特有位掌上明珠名叫朱丽叶，是一位年轻貌美的姑娘，年轻人都比较喜欢热闹，她见自己家里举办了化装舞会，便也仔细打扮了起来，然后拉着奶妈来到了舞会现场。当她看到大家都沉浸在欢乐的舞池中时，不由自主地也陶醉了起来，她轻轻地吟诵着一首诗："啊，我多么希望自己生活在梦境里，我愿陶醉在甜蜜的爱情里，但我知道这种陶醉不会长久，幸福错过了就再也不会回来。啊，我希望那甜蜜的爱情永远留在我的心里，那样的话，我会拼命地珍惜。"说着便和其他的同伴们跳起舞来。朱丽叶不知道自己现在的模样被一个人全部看在眼里，这个人就是罗密欧。当朱丽叶出现在舞会上时，罗密欧就注意到了她，之后就再也移不开自己的眼睛了。

他没有想到自己会见到一位如此美丽的姑娘，仿佛就像一位从天而降的仙子，罗密欧被朱丽叶的美貌和舞姿所吸引，不禁开口称赞道："天啊，她简直就是这世间最美丽的女子。"

罗密欧不知不觉地走向了朱丽叶，他来到朱丽叶面前邀请她跳一支舞，朱丽叶也被眼前这位彬彬有礼的青年所吸引，便答应和他跳一支舞。在跳舞的时候，罗密欧称赞朱丽叶说："你好像是一颗天上的明珠掉落人间，任何美丽的事物都无法与你相提并论。我真怕我这俗人的双手，令你蒙上尘垢。你是我见过最美丽的姑娘。"朱丽叶听到他的赞美后，也对这位刚认识的青年产生了好感。

罗密欧赞美朱丽叶的这些话，正巧被一旁的提伯尔特听见，提伯尔特听出来这是蒙太古的儿子罗密欧的声音。提伯尔特是一个性格暴躁的人，一听见是蒙太古家人的声音，不由得怒火中烧。他心想："好一个不知死活的小子，居然敢戴着面具来参加我们的宴会，这里是你能嘲笑的地方吗？"提伯尔特越想越生气，为了不让凯普莱特家失了面子，他决定杀了罗密欧，想到这儿，他便叫人把他的剑拿过来。凯普莱特见自己的侄子一脸愤怒的样子，还让仆人拿他的剑，连忙上前拉住他，对他说："怎么了侄子，为什么突然发起怒来，你要剑做什么啊？"

提伯尔特怒视着罗密欧，对凯普莱特说："伯父，那个和朱丽叶跳舞的男子，是蒙太古家里的人，这小子今晚居然敢上咱们家来，一定心怀不轨，想要给我们的宴会捣乱，我一剑杀死他算了。"凯普莱特顺着侄子的目光看了看，也认出来那个人是罗密欧，他对提伯尔特说："我的好侄子消消气，那个人是罗密欧吧？我看他行为举止倒也规矩，在维洛那城里，他也算是个品行不错的青年，随他去吧，我不想在自己的家里和他闹事。好侄子，听伯父的话不要再动怒了，开心起来，别打断了众位来宾的兴致。"

凯普莱特安慰了提伯尔特几句，便去招呼其他客人了。提伯尔特难消心头之气，但碍于伯父的面子，他只能把这股怨气压在心底，他暗自发誓以后如果再见到罗密欧，一定会一剑杀死他。罗密欧和朱丽叶跳完舞之后，两个人便找个人少的地方说起话来，罗密欧把满腔的爱意告诉了朱丽叶，朱丽叶也被他的话语所打动，在这期间她对罗密欧也产生了爱恋之情。就在他们彼此诉说着情话的时候，朱丽叶的奶妈告诉她，她的母亲在找她，朱丽叶恋恋不舍地和罗密欧告了别，然后起身去找她的母亲。

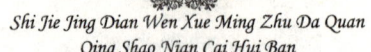

世界经典文学名著大全
·青少年彩绘版·

罗密欧问奶奶朱丽叶是谁家的姑娘,奶妈告诉他朱丽叶是凯普莱特夫妇的掌上明珠。这个消息对于罗密欧来说简直是晴天霹雳。他没有想到自己倾心的姑娘,居然是仇家的女儿,心里非常不是滋味,黯然离开了凯普莱特家。朱丽叶也从别人那里得知自己爱恋的青年,竟然是蒙太古的儿子罗密欧,内心也是十分的不安。她也想不到自己竟爱上了仇家的儿子,她自言自语地说:"没想到在仇恨的死灰中,竟然燃起了爱的烈火,早知道不该相识,又何必让我们相逢呢?昨天我们还是仇人,可今日却成了情人。唉,这场爱情注定要埋下祸根。"

奶妈听见朱丽叶在自言自语,不知道发生了什么,便问她刚刚说了些什么。朱丽叶怕被别人知道此事,便连忙掩饰说:"我没有说什么,那只不过是刚刚和我跳舞的人,教我的几句诗罢了。"说完便一个人回房间去了。回到家中的罗密欧一直思念着朱丽叶,虽然他的人待在自己的家中,可他的心却已经飞到了朱丽叶的家里。思念的力量驱使着罗密欧来到了凯普莱特家的花园里,他趁着天色已黑,便躲在花园的一角望着朱丽叶的房间发起呆来。此时的朱丽叶也因心里想着罗密欧而没有睡着。她推开窗子走到阳台上,看着满天的星斗想着罗密欧。罗密欧在黑暗中看到朱丽叶的身影,仿佛见到了刚刚升起的太阳。夜幕下的朱丽叶,在罗密欧看来是那么的美丽。罗密欧在暗处看着朱丽叶,看着她那美丽的双眼,好像天上的星星一样璀璨,那双玉手又是如此的美妙,他甚至希望自己是她手上的手套,因为它天天可以接近她的手。

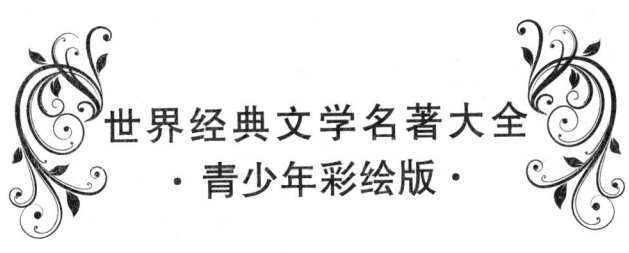

三

罗密欧和朱丽叶彼此思念着

正当罗密欧沉浸在自己的想象中时,朱丽叶重重地叹了口气,自言自语地说:"哎,罗密欧,我最亲爱的罗密欧你在哪里?为什么你要叫罗密欧呢?我多么希望你能抛弃你的姓氏和我在一起啊。如果你不肯这么做的话,只要你肯发誓做我的爱人,我就不会再姓凯普莱特了。"朱丽叶只有在没人的时候,才肯表露自己的心迹。仰望着无人的夜空,她把自己心里想说的话都说了出来。

罗密欧没有打断朱丽叶的话,继续躲在暗处听着,朱丽叶继续自言自语地说:"唉,只有你的名字才是我的敌人。就算你不姓蒙太古,你依然是你,那么姓不姓蒙太古又有什么关系呢?它既不是手又不是脚,也不是身体的一部分。唉,我多么希望你能换个姓名啊,姓名本身就没有任何意义的。就像玫瑰花一样,即使它不叫玫瑰了,它的香味还是一样的芳香。罗密欧,如果你愿意放弃你的姓名,我便愿把我整个心灵都给你,来填补你失去名字的空白。"听了朱丽叶这番话,罗密欧被她的语言所打动,他没有想到朱丽叶也深爱着自己,他再也抑制不住自己激动的心情,不禁脱口说道:"我愿意听你的话,只要你愿意接受我的爱,我就不要我的姓名,从今往后我再也不叫罗密欧了。"罗密欧这一开口,把朱丽叶吓了一跳,她没有想到这么晚了还会有人在她家的花园里,而且还把自己的所有秘密都听了去。想到这儿朱丽叶又羞又恼,她连忙问道:"谁在花园里,为什么黑夜里躲在别人家的花园里,偷听别人的讲话?"罗密欧哀伤地说:"我没有办法告诉你我的名字,因为我痛恨自己的名字,它是你所憎恨的。"听完之后,朱丽叶激动不已,因为她听出来这说话的人正是自己所思念的罗密欧。在激动之余又不免担心起来。

她关切地问道:"天啊,居然是你,告诉我你是怎么到这来的,又为什么到这来?花园的墙这么高,是不容易爬上来的,要是我家里的人看见你,一定会把你打死的。"罗密欧不好意思地说:"是爱情的力量带我来这里的,有了这股力量我是不怕你家里人干涉的。你那温柔的眼光,使我的身体充满了力量。只要你是爱着我的,我就不怕被她们看见。与其因为得不到你的爱而在这世上苟活,倒不如死在仇人的手里。"朱丽叶被罗密欧这段深情款款的话所打动,不禁脸红了起来,她略带责备地对罗密欧说:"幸亏天色比较昏暗,否则就会让你看到我羞红了的脸。"

朱丽叶又想到了摆在他们眼前的问题,不禁又唉声叹气起来,她对罗密欧说:"你是爱我的对吗?我知道你一定会说爱的,我也相信你说的话。但是如果你所说的话都是谎言,那我该怎么办啊!别人都说恋人们的誓言是不可信的。亲爱的罗密欧,如果你真的爱我,就请诚恳地告诉我,因为我真的是太爱你了。请你不要觉得我是一个轻浮的女人,我说的这些都是我的心里话,如果你不喜

欢我说得这么直白,我也可以矜持一点。"朱丽叶把心中的不安告诉了罗密欧,为了不让朱丽叶胡思乱想,罗密欧连忙说:"请你相信我是真的爱你的,我可以对着月亮发誓。"

说着罗密欧便举起了手要起誓,朱丽叶赶紧阻止说:"不要对着月亮起誓,它是变化无常的,总是阴晴圆缺不定。如果你对着它发誓,那么你的爱情也许就会像它一样无常。其实你不用发誓我也会相信你的。"朱丽叶终于愿意相信罗密欧是爱自己了,两个人在月光下互说着缠绵的情话。这时奶妈从房间外面叫小姐早点睡觉,朱丽叶连忙对罗密欧说:"我最爱的罗密欧,我还有最后几句话要对你说,如果你是真的爱我,就让我们的爱情光明正大起来,我等着你来娶我。明天我会叫人到你那去,你把举行婚礼的时间和地点告诉他,到时候我会准时去的。"

朱丽叶接着温柔地对他说:"我愿意把我的整个生命交给你,从此以后,无论你去哪里,我都会毫无怨言地跟着你。"这时奶妈又来催朱丽叶早点睡觉,罗密欧只好依依不舍地和朱丽叶告别。离开朱丽叶家的罗密欧并没有马上回家,而是去了教堂找劳伦斯神父。劳伦斯神父是当地有名的热心肠,无论谁有困难他都会尽他所能地帮助别人,罗密欧是劳伦斯神父的好朋友,劳伦斯见罗密欧一大早就来找自己,觉得他应该是有什么心事,便问他:"我亲爱的孩子,你这么早就来找我是不是有什么心事啊?老年人由于想得多往往会失眠,年轻人没什么烦恼又怎么会失眠呢?"

劳伦斯看了看一夜未眠的罗密欧,大胆地猜测说:"昨晚你是不是和一直追求的罗瑟琳在一起?"罗密欧告诉劳伦斯,由于罗瑟琳一直不理睬自己,他已经忘记了她以及她的名字。劳伦斯也觉得他放弃罗瑟琳是对的,他问罗密欧昨晚到底去了哪里,罗密欧把他和朱丽叶从认识到相爱,再到彼此约定的事告诉了劳伦斯。不知情的劳伦斯听后皱了皱眉,他觉得罗密欧这样做很花心,便对他说:"年轻人,你不应该这么做的,怎么能刚刚忘记罗瑟琳就又喜欢上别的女孩子呢!曾经的你为了罗瑟琳茶不思饭不想的,怎么现在就变心了呢?孩子,你这样做是不对的。"

见劳伦斯误解了自己,罗密欧连忙解释说:"不,神父你误会了,我对朱丽叶的感情是真的,以前的我不懂得爱是什么,把对罗瑟琳的迷恋当作是爱。在我见到朱丽叶之后才明白什么是真正的爱,我和她彼此深爱着对方,还希望神父你能帮助我们。请你一定要答应我在今天帮助我和朱丽叶成婚啊。"听了罗密欧真诚的话语,劳伦斯相信他和朱丽叶的爱是真心的,又想到如果朱丽叶和罗密欧成婚也许会化解两家的恩怨,便答应了罗密欧的请求,开始和罗密欧商量接下来要做的事。朱丽叶由于心里记挂着罗密欧,所以一夜都没有睡好觉,满脑子想的都是他们之间的情话。

天亮以后,朱丽叶决定让奶妈去约好的地方找罗密欧,因为在凯普莱特家也就只有奶妈愿意帮助自己和蒙太古家的人联系。奶妈走了之后,朱丽叶便开始焦急地等待起来,她迫切地希望奶妈能带个好消息回来。一上午朱丽叶都是在魂不守舍中度过的,到了中午奶妈才急匆匆地从外面进来,还不等奶妈喘口气朱丽叶就开口问:"怎么样奶妈,你见到罗密欧了吗,他怎么说的?"奶妈见小姐如此心急,无奈地笑了笑,对她说:"小姐不要着急,我带回来的是个好消息。罗密欧先生和教堂的劳伦斯神父已经商量好了,今天下午就让您和罗密欧先生在教堂秘密结婚。到时候,小姐只要和老爷说您去教堂忏悔,他就会让您出去的。"朱丽叶听后高兴得不得了,她终于可以和心爱的人结婚了,朱丽叶连午饭都没有吃便开始打扮起来,一切都准备好之后,她便偷偷地溜出家去前往教堂找罗密欧去了。

莎士比亚悲剧集

　　朱丽叶赶到教堂的时候，罗密欧和劳伦斯早就在那里等她了。罗密欧一看到心爱的朱丽叶出现在自己面前，激动地拉住她的手，在一旁又说起了缠绵的情话。罗密欧对她说："我亲爱的朱丽叶，你能感受到我见到你之后的快乐吗，现在的我已经无法用任何语言来形容我激动的心情了。"朱丽叶也是非常的高兴，她温柔地对罗密欧说："真挚的爱情不在于华丽的话语，那份感情充满了我的内心，现在的我无法估计我所拥有的财富。"两个人真诚的话语打动了劳伦斯神父，便为他们两个在教堂里举行了神圣的婚礼。劳伦斯神父祈求上帝能让这对年轻人白头偕老，也希望通过这场婚姻能够化解两家多年的仇怨。由于两个人是秘密结婚的，所以在婚礼结束后，朱丽叶和罗密欧便各自回到了自己的家中，虽然彼此都非常的想念对方，但迫于家族的原因也只能暂时分离。

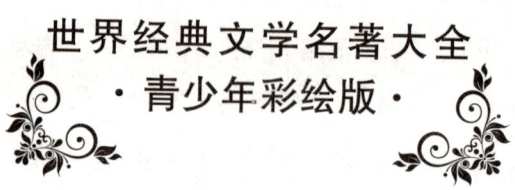

四

罗密欧错手杀死了提伯尔特

　　这一天,罗密欧的朋友班伏里奥和茂丘西奥在街上走着,结果却碰上了凯普莱特家的提伯尔特。自从上次在宴会上认出了罗密欧之后,提伯尔特就一直想找机会杀死罗密欧,碰巧今天在大街上遇到了罗密欧的两个好朋友,他觉得自己有必要警告他们两个,少和蒙太古家的人亲近。想到这儿,他便上前告诉班伏里奥他们两个不要和蒙太古家的人来往。班伏里奥听后并没有在意什么,可茂丘西奥却是一个性格倔强的人,当他听到提伯尔特说罗密欧的坏话时,顿时怒火中烧,开始大声责骂起提伯尔特来。两个人便在大街上争吵起来,班伏里奥在一旁劝解,但是两个性格火暴的人又怎么会听他的。两个人越吵越凶,后来甚至动手打了起来。正在这时,罗密欧也恰巧赶到这里。

　　虽然凯普莱特和蒙太古两家是世仇,但罗密欧却是一个性格温和的人,从来没

有参加过两家的打斗。当他看到茂丘西奥和提伯尔特在吵架,便连忙上前劝阻。提伯尔特见罗密欧也来了,火气更大了,他走到罗密欧面前用最难听的话来辱骂他。面对提伯尔特的辱骂,罗密欧并没有生气,他觉得既然现在自己已经和朱丽叶结婚了,那么提伯尔特就是自己的兄弟了,自己应该对他尊重些,便对提伯尔特说:"我和你无冤无仇,原本你这样挑衅我,我是不能容忍的,但是现在我有了原谅你的理由,所以我不和你计较。"说着便拉着茂丘西奥和班伏里奥要走,提伯尔特连忙上前阻止,他把罗密欧的忍让当作了软弱,更加出言不逊,甚至拔出了宝剑要和罗密欧决斗。原本茂丘西奥的火气就还没有消,一看见提伯尔特拔了剑,他也拔出了剑和提伯尔特打了起来。罗密欧和班伏里奥连忙上前阻止,但是两个性格火暴的年轻人又怎么会听他们的,两个人在街上扭打起来。茂丘西奥一个不注意,便被提伯尔特刺中了要害,倒地而亡。提伯尔特见茂丘西奥已死,便又向罗密欧刺来。温和的罗密欧见好友为了自己而死,而提伯尔特还不依不饶地向自己杀来,终于被激怒了,他拔出剑和提伯尔特打了起来。

提伯尔特并不是罗密欧的对手,不一会儿便被罗密欧打倒在地一剑刺死。罗密欧和提伯尔特在街上打架的事被亲王知道了,便带着人来到了现场,凯普莱特和蒙太古家的人也听到了消息一并赶来。等他们赶到的时候,只看到提伯尔特和茂丘西奥分别躺在血泊中,罗密欧却不见了踪影。茂丘西奥是亲王的亲戚,亲王见茂丘西奥已死,愤怒地问在场的班伏里奥,究竟发生了什么事情。班伏里奥便把遇见提伯尔特,以及他对罗密欧等人的挑衅,直到最后争吵起来的经过如实了说了一遍。

凯普莱特夫人见自己的侄子提伯尔特已死,非常的伤心难过,当她听到班伏里奥所说的之后,觉得这对自己家以及提伯尔特不利,便对亲王说:"殿下,您不能听他的一面之词,他是罗密欧的好朋友,肯定会向着他们说话的。"凯普莱特夫人的话令蒙太古夫妇非常的生气,他们说如果不是提伯尔特先杀了茂丘西奥,罗密欧也不会杀死提伯尔特了。两家互不相让,分别指责是对方的错,亲王在悲伤之余并没有受这些人的干扰,他找来了附近的群众了解事实,最后决定把罗密欧放逐处境。虽然两家对这样的判决都很不满意,但碍于亲王的权威,也都不再多说什么。朱丽叶并不知道街上所发生的一切,她在家里还沉浸在和罗密欧的婚礼上。

原本她和罗密欧约好今天晚上,在朱丽叶家的后花园里两个人约会,可朱丽叶从中午盼到了晚上,都不见罗密欧来找自己。正当她感到非常失望的时候,奶妈从外面慌慌张张地走了进来,朱丽叶问她发生了什么事,奶妈语无伦次地说:"不好了,不好了,死人了,罗密欧和提伯尔特少爷在街上打架,结果他死了。"这个消息对于朱丽叶来说简直就是晴天霹雳,她着急地问:"到底发生了什么事,谁死了?"奶妈告诉她,罗密欧和提伯尔特在街上决斗,罗密欧把提伯尔特杀死了,亲王判处罗密欧流放出境。听到自己的哥哥被罗密欧杀死了,朱丽叶又生气又伤心。

朱丽叶没有想到自己的丈夫会杀死自己的哥哥,但她的内心又感到很庆幸,庆幸的是自己的丈夫并没有死。奶妈在一旁对她说:"罗密欧真是没良心啊,这么狠心地杀死了提伯尔特少爷,亲王判他流放简直是便宜他了。"奶妈的话令朱丽叶很不高兴,虽然她很生罗密欧的气,但她还是深爱他的。朱丽叶一边流泪一边自言自语地说:"唉,我那可怜的丈夫,我才做了你三个小时的妻子。你为什么要杀死我的哥哥,可是,如果他不杀死哥哥,哥哥就会杀死他。上帝啊,我到底该怎么做?"为难的朱丽叶一直在哭,既是为死去的哥哥流泪,又是为丈夫的放逐感到伤心。

奶妈不忍见小姐如此的伤心难过,安慰她说:"小姐不要难过了,快进房间

里休息吧,我去帮你把罗密欧找来,我知道他在什么地方,今晚我一定让他来找你。"说完她便把朱丽叶送进了房间里,然后自己出门去找罗密欧了。杀了人的罗密欧跑到了劳伦斯神父那里,他把事情的经过告诉了劳伦斯,好心的劳伦斯便找来一间密室让罗密欧进去躲避,而他则出去打探消息。过了一会儿劳伦斯从外面走了进来,他告诉罗密欧,亲王已经下令判处他放逐出境。罗密欧听后非常的难过,他觉得被放逐比被处死还要可怕,因为离开了维洛那城,外界是一片荒凉的。

劳伦斯安慰他说:"你不应该这样想的,你要知道你杀了人,按照律法你是要被处死的。现在亲王只是判你流放,已经是对你莫大的恩典了。"罗密欧并不觉得这是什么恩典,依旧沉浸在悲痛之中。就在这时,朱丽叶的奶妈走了进来,她告诉罗密欧今晚一定要到小姐那里去。罗密欧问奶妈:"朱丽叶怎么样了,她在知道我杀死了她哥哥以后有没有恨我?"奶妈告诉罗密欧,朱丽叶什么都没有说就只是一直在哭。这话令罗密欧感到更加难过,一个人坐在地上哭了起来。

五

神父献计，朱丽叶假死

劳伦斯神父看到罗密欧如此的颓废，不禁有些生气，他上前把罗密欧从地上拉了起来，对他说："收起你的眼泪，看看现在的你还像个男人吗？你已经杀死了提伯尔特，难道也想要杀死自己吗？你死了不要紧，有没有考虑过朱丽叶，她可是刚刚才嫁给你呀。你不应该这个样子，你要用你充满智慧的头脑去想接下来该怎么做，而不是在这里哭。"劳伦斯还告诉罗密欧，今晚如约去见朱丽叶，放逐也不见得是件坏事。他让罗密欧先去放逐的地方待上一段时候，等到时机成熟了，他会把罗密欧和朱丽叶结婚的消息宣布出来。这样也许会化解两家的恩怨。到时候再去向亲王求情让罗密欧回来，这样他就又可以和朱丽叶在一起了。听了劳伦斯的这番话，罗密欧渐渐地平静了下来，他觉得劳伦斯说得有道理，便同意先去放逐的地方待上一段时间。

　　罗密欧被放逐以后，朱丽叶非常的伤心，每天以泪洗面，凯普莱特夫人以为朱丽叶伤心难过是因为她的哥哥提伯尔特，便安慰她说："亲爱的女儿，你的哥哥已经死了，你就不要再伤心难过了。我现在有个好消息要告诉你，一直追求你的伯爵帕里斯今天又来求婚了，你的父亲已经答应把你嫁给他了。帕里斯一表人才，是一位高贵的绅士，他和你的父亲已经商量好了，这个星期四就让你们在教堂举行婚礼。"朱丽叶听完这些话非常的吃惊，她连忙告诉母亲自己不会嫁给帕里斯的，无论凯普莱特夫人如何劝说，朱丽叶就是不肯答应嫁给帕里斯。

　　这时凯普莱特走了进来，听见女儿不肯嫁给帕里斯非常的生气，他对朱丽叶说："你为什么不肯嫁？我们给你找了位这么好的夫婿，你不应该感谢我们吗？能够嫁给帕里斯那是你的福气。"朱丽叶反驳说："你们不能勉强我嫁给一个我不喜欢的人。"凯普莱特被女儿的话激怒了，他大声地对朱丽叶说："什么喜欢不喜欢的，这个星期四你必须和帕里斯结婚，如果你不愿意去，我就把你装在笼子里抬去。"说完便愤怒地摔门离去。

　　此时的朱丽叶感到非常的无助，她知道父亲一旦做了决定是没有办法改变的，可她已经嫁给了罗密欧，并且深爱着他，又怎么会去嫁给别人呢。现在的她只能和自己的奶妈商量了，奶妈却对她说："小姐，你还是听老爷的话嫁给帕里斯伯爵吧。罗密欧已经被放逐了，不可能再回到维洛那城了。况且帕里斯伯爵的为人也是非常不错的，既然罗密欧已经回不来了，您就当他死了算了。"朱丽叶没有想到，一向对自己疼爱有加的奶妈居然也劝自己嫁给帕里斯，她非常的失望与无助，没有办法，她只能去找劳伦斯神父帮忙了。

　　她告诉奶妈自己今天得罪了父亲，要去劳伦斯神父那里忏悔，说完便离开了家前往教堂找劳伦斯。在路上朱丽叶想，如果连劳伦斯神父都不能帮自己的话，那自己就真的死路一条了。在朱丽叶到达教堂之前，劳伦斯正和帕里斯伯爵

谈话,帕里斯告诉劳伦斯,凯普莱特已经答应把朱丽叶嫁给自己,这个星期四将会在教堂举行婚礼,希望劳伦斯神父能为他们主持。劳伦斯听到让自己为朱丽叶再举行一次婚礼,不免觉得事情有些难办,他为难地对帕里斯说:"这个星期四吗?时间是不是有些仓促了啊,我怕来不及准备。"帕里斯告诉他,这是凯普莱特的意思,他不想让女儿为了提伯尔特的事伤心难过,便决定尽早完婚。

劳伦斯正在为难的时候,朱丽叶来了,帕里斯一见到心爱的人,忙上前打声招呼:"我的爱妻,你怎么也来了?"朱丽叶对帕里斯这么称呼自己感到非常反感,但她并没有表现出来,只是委婉地说:"现在这样称呼我,是不是还早点?"帕里斯得意地告诉她,等到星期四的时候就可以这么称呼她了。朱丽叶没有理会帕里斯,她告诉劳伦斯今天自己是来忏悔的。帕里斯一听忙上前对朱丽叶说:"既然这样,请你当着神父的面不要否认你爱我。"朱丽叶客气地说:"我愿意在您面前承认我爱他。"朱丽叶并没有说明"他"指的是谁,但劳伦斯已经明白朱丽叶指的是罗密欧,而帕里斯却觉得她说的是自己,非常的高兴,还想继续和朱丽叶聊天,朱丽叶却对劳伦斯神父说:"神父,请问您现在有空吗,还是我晚点再来向您忏悔?"劳伦斯告诉朱丽叶自己现在就有时间,然后转身请帕里斯离开,帕里斯是一位很有礼貌的绅士,便很客气地说:"既然你们有事,我就不再打扰了,亲爱的朱丽叶,星期四的早上我会来接你的。"说完帕里斯便离开了。

帕里斯走后,朱丽叶便把自己的事情告诉了劳伦斯,她说自己宁愿死也不要嫁给帕里斯,她的心里只爱罗密欧一个,希望神父能够帮帮她。劳伦斯告诉朱丽叶让他想一想,他要想个万全之策。劳伦斯想了一会儿,对朱丽叶说:"我想到了一个办法,但这是一个非常的手段。既然你宁愿死也不嫁给帕里斯,那么现在我们只能采取一个和死差不多的方法,来逃避这场婚姻了,如果你敢冒险的话,我就把办法告诉你。"朱丽叶坚决地说:"只要能让我不嫁给帕里斯,我

什么困难都不怕。"劳伦斯见朱丽叶如此的坚决,便从衣兜里拿出一瓶药水,对朱丽叶说:"孩子,带着这瓶药水先回到家里去,然后告诉你的父母,你答应和帕里斯结婚。等到举行婚礼的前一天,你把这瓶药水喝下去,喝了这种药,你将昏睡过去,在四十二小时之内就和死了没什么两样。"劳伦斯还告诉朱丽叶:"在你昏睡这段时间,我将会派人给罗密欧送信,然后让他接你,到时候你们两个人就逃到他流放的地方去吧。"听了神父的计划,朱丽叶仿佛看到了希望,她接过神父递来的药水,连忙向神父致谢告别。

回到家以后,朱丽叶先是到父母的房间里,向父亲道歉,对他说:"亲爱的父亲,请你原谅我,我不应该违抗你的命令,现在我跪在这里请求你的宽恕。我答应你星期四嫁给帕里斯,从此以后什么都听你的。"凯普莱特见女儿回心转意,非常的高兴,让奶妈带着朱丽叶回房间好好打扮一下,准备做个漂亮的新娘。到了星期三的晚上,朱丽叶找了个借口把奶妈和自己的母亲支开,然后一个人坐在房间里,手里拿着那瓶药水。朱丽叶想到喝下这瓶药水自己就和死了没什么两样,到时候会被送到冰冷的坟墓里,她非常地害怕。但又想到,如果自己不喝的话,就会嫁给自己不爱的帕里斯,就不能和自己深爱的罗密欧在一起了。为了自己的爱情,朱丽叶毫不犹豫地喝下了那瓶药水,然后便昏睡了过去。第二天早上,帕里斯兴高采烈地来接朱丽叶,结果却发现朱丽叶毫无气息地躺在床上,浑身冰冷没有了呼吸。

六

阴差阳错,有情人未能终成眷属

凯普莱特夫妇见自己唯一的女儿死了,非常的伤心难过,凯普莱特说:"没有想到我们的女儿就这样死了,原本为她准备的庆典,现在都只能变成悲伤的殡礼了。原本要为她奏响喜庆的音乐,现在也都只能变成哀乐了。唉,婚礼的宴席变成了丧席,这一切为什么会变成这样啊。"这时劳伦斯也来到了朱丽叶的家里,她告诉凯普莱特,按照维洛那的规定,朱丽叶的遗体需要被抬到教堂,然后由神父来主持葬礼。此时的凯普莱特夫妇已经没有了主见,一切都只能听从劳伦斯的安排。等到朱丽叶的遗体被送到了教堂以后,劳伦斯马上给罗密欧写了一封信,告诉他朱丽叶是假死,让他在天亮之前务必要赶到教堂,写好之后他便差人把信送了出去。

可送信的人半路上却被士兵误认为是感染了瘟疫的人,把他扣留在了半路上。

送信的人便让别人把这封信给劳伦斯神父带回去,并且告诉他没能及时送到罗密欧手里。劳伦斯神父见信没有被送出去,非常地着急,但也没有别的办法。罗密欧在被放逐的地方焦急地等待着劳伦斯的消息,结果他的仆人回来却告诉他朱丽叶已经死了,罗密欧没有想到会等来朱丽叶死了的消息,他万分的伤心难过,朱丽叶死了他也不想活了,便想买一包毒药了结自己的性命,想到这儿,他便走出家门来到大街上寻药店,可这里有规定不允许贩卖毒药,罗密欧去了很多家药店,店主都不肯卖给他毒药。

　　身心疲惫的罗密欧最后在城外找到了一家药店,他恳求店主说:"只要你愿意把毒药卖给我,我愿意出双倍的价钱。我相信没有任何一条法律能让你如此的富有。"店主见罗密欧肯出这么多钱来买一包毒药,便冒着被杀的危险把毒药卖给了罗密欧,罗密欧拿了药便离开了,他决定和朱丽叶死在一起,便连夜赶往维洛那。到了维洛那,罗密欧先去买了锄头等工具,他想要刨开朱丽叶的坟墓和她死在一起。一切都准备好了之后,罗密欧带着仆人来到了朱丽叶的墓前,开始用锄头挖坟,碰巧遇到了来祭奠朱丽叶的帕里斯。

　　帕里斯一眼便认出来这是杀害提伯尔特、被流放出境的罗密欧。他以为罗密欧是来盗墓的,便上前阻拦罗密欧挖坟,此时的罗密欧就好像一头被激怒的狮子,他觉得既然自己活着的时候不能和朱丽叶在一起,死的时候一定要和她在一起,他见帕里斯来阻止自己,便和他扭打了起来。帕里斯不是罗密欧的对手,不一会儿便被愤怒的罗密欧打死了。罗密欧见帕里斯死了,便继续挖朱丽叶的坟墓,当他把坟墓挖开时,看到朱丽叶安详地躺在里面,还是那样的美丽。罗密欧伤心地亲吻了一下朱丽叶,然后便喝下了买来的毒药,死在了朱丽叶的旁边。

　　过了一会儿,劳伦斯神父带着锄头也来到了朱丽叶的坟墓,他怕过了时间朱丽叶醒来会出意外。当他看到坟墓被挖开，罗密欧死在朱丽叶身边时，一时间愣在那里，不知道究竟发生了什么事，罗密欧的仆人伤心地告诉了劳伦斯所发生的一切。就在这时，昏睡的朱丽叶醒了过来，她问劳伦斯罗密欧来了没有，劳伦斯伤心地告诉朱丽叶所发生的一切，就在他们谈话时，不远处传来了说话声，劳伦斯怕再出意外，便让朱丽叶赶快离开这里，朱丽叶看着死去的罗密欧伤心不已，她告诉劳伦斯自己是不会走的，她要留下来陪罗密欧。

　　她来到罗密欧身旁，拿起毒药瓶，发现里面已经没有毒药了，不禁伤心地说："你怎么把毒药都喝了，也不给我留一点。"朱丽叶看到罗密欧身上带着刀子，便顺手拿起了刀子，说了一句："我最爱的罗密欧，我来陪你了。"然后便用刀子插进了自己的胸膛，倒在罗密欧身旁死去了。在附近巡逻的士兵听见了声音连忙赶了过来，却只看到了罗密欧、朱丽叶以及帕里斯死在了那里。士兵便把这件事向亲王汇报了，不一会儿，亲王以及蒙太古、凯普莱特夫妇也赶了过来。他们一看到自己的儿子女儿死在那里，不禁悲伤起来。亲王没有想到一时间会死这么多人，便问巡逻的人这里发生了什么事情，巡逻的士兵也不知道发生了什么，亲王便问站在一旁的劳伦斯以及罗密欧的仆人。

　　劳伦斯悲痛地告诉亲王："死了的罗密欧是朱丽叶的丈夫，他们的婚礼是由我主持的。他们结婚的那天，罗密欧失手杀死了提伯尔特，罗密欧便被放逐了，朱丽叶的父亲又逼着她嫁给帕里斯，她便跑来找我帮忙。"接着，劳伦斯便把他是如何替朱丽叶出主意的，以及耽误了时间的事一五一十地告诉了亲王，还把那封没有送出的信交给亲王看了看。亲王又问了罗密欧的仆人，仆人把自己所知道的事情也全部都告诉了亲王。

　　亲王终于了解了事情的经过，知道朱丽叶和罗密欧都是为了彼此而自杀的，他叹息地对蒙太古和凯普莱特说："看看你们两家的仇怨现在得到了什么样

的惩罚,就是因为这种仇恨,你们失去了最爱的儿女,而我也因此失去了帕里斯和茂丘西奥,我们都付出了惨痛的代价。现在的你们还要互相仇视下去吗?"听了亲王的话,以及眼前所面对的事实,蒙太古和凯普莱特终于有所悔悟,他们已经为那不重要的世仇,失去了最亲的人。

凯普莱特羞愧地对蒙太古说:"蒙太古大哥,请把你的手递给我,这就是你给我女儿最好的聘礼。"蒙太古连忙说:"不,我要给你比这更多的聘礼,我要用金子为朱丽叶打造一个塑像,她将会是维洛那城最卓越的塑像。"凯普莱特也说要为罗密欧打造一个塑像,然后让两座塑像挨在一起,朝夕相伴。罗密欧和朱丽叶的牺牲换来了蒙太古和凯普莱特两家的重归于好。两家打造了他们塑像,放在维洛那城里来祭奠这对相爱的恋人,希望他们能够得到世人的祝福。

麦克白

一

女巫的预言

11世纪,挪威大军不断入侵苏格兰的领土,苏格兰国王邓肯把所有的希望都寄托在了麦克白的身上,希望他能够早日铲除叛军,使人们过上平静的日子。麦克白接到国王的命令后,便立即带兵去前线作战。

论血统,麦克白是国王邓肯的表弟;论作战,他又是一位有勇有谋的将军,就是因为这样,国王邓肯才放心让他去消灭叛军和敌军。虽然国王非常的相信麦克白,但他也知道这场战争非常难打,这些日子以来,国王为了这场战争经常寝食难安。这一天,从前方回来一个伤员,国王让人把他找来询问前方战况如何。伤员告诉国王这场仗他们打得很辛苦,现在还没有决出谁胜谁败,他还告诉国王叛军的领导者非常狡猾,他懂得如何调兵遣将,经常声东击西打乱他们的作战计划。听到这里,国王邓肯不免担心起来,他怕自己的军队会打不过叛军的队伍。

正在国王为此事担忧的时候,伤员接着说道:"幸亏您把麦克白将军带来了,他是如此的勇猛,他像一头凶猛的狮子,挥舞着宝剑一路砍杀叛军,并且还把叛军的头领杀死,把他的头颅挂在我们的城楼之上,他简直就是个英雄。"听到这里,国王的心才渐渐地平静了下来。伤员接着说:"我们杀死叛军的头领之后,正打算乘胜追击,把其余的叛军一起消灭的时候,那可恶的挪威国士兵却趁此偷袭我们,害得我方士兵损失惨重。不过麦克白将军并没有因此而退缩,他们继续勇敢地对抗着。原本我也想和他们一起奋战到底的,只可惜我受了重伤,已经没什么力气了。"

国王让侍卫把伤员扶了下去,自己坐在大殿上沉思起来,他非常的激动,激动的是麦克白杀死了叛军的首领;他又非常的担忧,担忧的是挪威国的乘虚而入,他不知道麦克白面对强大的挪威军队是否能胜利归来。正当他胡思乱想的时候,爵士洛斯从前方赶了回来,向他报告战争的情形。洛斯告诉国王,麦克白指挥有方,和班柯将军左右围攻击退了入侵的挪威军队,同时他们又追杀了剩余的叛军,使得苏格兰军队取得了胜利。洛斯还告诉国王,挪威国的国王已经向他们求和了,他们愿意出一万金币的赔偿,来换取把他们战死的将士埋葬的权力。

听到这里国王非常的高兴,他让洛斯把这个好消息告诉全国的人们,让他们也感受到胜利的喜悦。当然,国王并没有忘记这次战斗最主要的功臣麦克白。国王先是把和叛军私通的考特爵士处死,然后决定把这个爵位传给麦克白作为奖赏。他把自己的想法告诉了洛斯,让他去找麦克白传达他的旨意。打了胜仗的麦克白和班柯将军，正带领着自己的部队往回走。当他们走到一片原野的时候，忽然发现在前方的不远处，有三个穿着奇怪的女人在那里唱歌跳舞，虽然她们是女人却都长着胡子。班柯不解地问道："你们是什么人，为什么会出现在这里，你们会说话吗？"

那三个女人没有回答班柯的话，反而把手放在嘴唇上让他们不要出声。麦克白也觉得很奇怪，便和班柯一同走到她们面前，问她们到底是什么人。这三个女人其实是三个能预见未来的女巫，当她们看到麦克白和班柯走过来问她们时，她们先是把麦克白围住。第一个女巫说："麦克白先生，祝福你，葛莱密斯爵士。"麦克白听了之后，感到非常的吃惊，心想自己并不认识她们，她们怎么会知道他的名字，以及他刚刚当上葛莱密斯爵士。正当他惊叹不已的时候，第二个女巫又对他说："麦克白先生，祝福你，考特爵士。"接着第三个女巫又说："麦克白先生，祝福你，未来的君王。"

如果说第一个女巫带给麦克白的是惊叹的话，那么第二个和第三个女巫的话则是彻底使麦克白惊呆了。他不明白为什么女巫要称自己为考特爵士，因为现在的考特爵士还活着，并且势力还很大。他更不敢相信第三个女巫竟敢称自己为未来的君王，现在的国王身体状况很好，就算是现在的国王不幸去世了，也该由他的儿子继承王位，不可能轮到自己的。

就在麦克白感到难以置信的时候，女巫们又把班柯将军围住了。第一个女巫对班柯说："祝福你，虽然你比麦克白低微，但你的地位会在他之上。"第二个女巫接着说："祝福你，你不会像麦克白那样幸运，但你会比他更有福气。"第三个女巫又说了："祝福你，虽然你不是君王，但你的子孙将来会成为一国之君。"班柯对三个女巫的话并不以为意，麦克白也只是将信将疑，当他还想继续问女巫的时候，却发现她们三个人已经消失不见了。麦克白自言自语地说："她们就

这样凭空消失了？她们就好像有形体的东西，却忽然融化在风里了。真希望她们能多停留一会儿。"班柯也觉得很奇怪，仿佛刚刚看到的只是幻象而已。就在他们感到困惑的时候，奉命来传达国王旨意的洛斯来到了他们面前。洛斯先是对他们打了胜仗表示了祝贺，然后告诉他们国王对他们的表现很满意。

接着洛斯又对麦克白夸赞了一番："麦克白将军，国王听说你打了胜仗非常的高兴，激动得都说不出话来了，他还向全国的人民赞扬你为保卫祖国立了大功。为了对你表示奖励，国王特意把考特爵士的称号给了您。祝福您，尊贵的爵士，这个称号以后就是您的了。"听到这个消息，麦克白即是高兴又是震惊，高兴的是自己得到了尊贵的称号，震惊的是女巫所说的话居然应验了。麦克白有预感，更高的荣誉正在前方等着自己。只是他有一点想不明白，国王为什么把考特爵士的称谓给了自己，原来的考特爵士呢？麦克白把自己的疑问告诉了洛斯。

洛斯笑着对他说："原来的考特爵士和挪威国私通，把我国的情报告诉给了挪威国。国王知道之后非常的生气，判了他很重的罪，过几天就要对他执行死刑。"听了洛斯的话，麦克白终于解决了心中的疑问。他转身对身边的班柯说："女巫说的话已经应验了，您不希望您的子孙将来做君王吗？刚刚他们称我为考特爵士，也给了你的子孙很大的荣耀呀。"麦克白之所以会对班柯说这些，是因为女巫的话既然已经应验了，他很担心班柯有让自己子孙当国王的野心。班柯是个正直善良的将军，即使女巫所说的话有一部分应验了，他还是不相信她们的话。

二

麦克白起了杀心

他诚恳地对麦克白说:"如果你真的相信女巫所说的话,在你当了考特爵士后,你一定会想办法当上君王的。在我看来那三个女巫简直就是恶魔,恶魔为了要陷害我们,经常会对我们说真话,让我们在小的事情上相信她们,然而当关键的时候,她们就会让我们掉入圈套之中。我希望您也不要相信她们所说的话。"此时的麦克白已经被惊喜冲昏了头脑,怎么可能会听进去班柯的劝告。在他看来,既然前两句话已经证实了,那么后面的也一定会实现的。他自言自语地说:"女巫说的话不会是凶兆,当然也称不上是吉兆。如果是凶兆,为什么开头的两句都应验了呢。"

他思前想后,反复琢磨女巫所说的话。班柯把麦克白的反应看在眼里,不禁叹了口气,他在心里想着:"没想到他竟然可以想得那么出神。这些新的荣誉加在他的身上,就好像我们穿上崭新的衣服一样,在没有穿习惯之前,总会觉得不太适合自己的身材。"想到这儿,他好心地提醒麦克白该对洛斯说些什么了。班柯的提醒让麦克白从沉思中醒了过来,他清了清喉咙对洛斯说:"我感到很抱歉,由于我的迟钝让我刚刚沉思了一会儿,谢谢你们辛苦地来告诉我这个好消息。我们会尽快赶回去见国王的,至于我刚刚在想什么,等我考虑好了之后会告诉你们的。"

不久之后,麦克白和班柯带领着他们的队伍回到了苏格兰的都城福累斯。城里的人们为他们的英雄举行了盛大的迎接活动,人们站在道路的两旁为凯旋而归的将士们送上了最热烈的掌声。当然,国王邓肯也在宫殿里为他们准备了庆功宴。当国王见到麦克白的时候,他激动地拉着麦克白的手说:"我亲爱的表弟,欢迎你回来,你是最值得我敬佩的人。你的功劳不是任何奖励所能比得上的。要是你的功劳稍微的小一点,也许我还能给你一个适当的感谢和酬劳。而现在我只能说,任何的奖赏都不能补偿你为咱们国家所做的贡献。你是苏格兰人们心中的英雄。"

听到国王的赞扬,麦克买内心非常的得意,但他并没有表现出来,而是谦虚地告诉国王,为他效力本身就是一种报酬。听到这话国王感到更加高兴,他又对班柯进行了一番的夸赞。接着国王对所有的大臣说:"今天真是一个值得高兴的日子,在这里我要向大家宣布一件事,我决定封我的大儿子马尔康为肯勃兰亲王,将来由他来继承我的王位。"接着他又对麦克白和班柯以及所有参战的将军们说:"你们的英勇我全部都看在眼里,我决定对你们每一个人都进行封赏。让那广大的恩惠像繁星一样,照耀在你们每一个人身上。麦克白将军,今晚我们可否在你家设宴呢?"

听到国王要去自己家,麦克白连忙说:"谢谢陛下的恩惠,我愿一直为陛下效劳。陛下要到臣家中做客,简直是臣莫大的荣幸。先让臣回去把这个好消息告诉我的妻子,让她有所准备。"国王答应了麦克白,让他先行回去准备,自己接

着和其他大臣聊天说话。当麦克白迈出宫殿的时候，脸上便不再有伪善的笑容，取而代之的是冷漠的神情，他没有想到国王会立自己的儿子为亲王，如果这样的话，女巫的预言就不会实现，自己就当不上苏格兰的国君了。此时的麦克白已经被名利冲昏了头脑，为了当上国王他会不惜一切代价除掉马尔康或者邓肯国王。

想到这儿，他马上写了封信给自己的妻子，把路上遇到女巫的事告诉了她，并且说明自己也会在不久赶回家中。没多久麦克白的妻子就收到了丈夫的信，麦克白的妻子，是一个有着美丽外表，内心却非常阴险狠毒的女人，一直以来她都是为达目的不择手段的。当她看完丈夫的来信后，知道了女巫的前两个预言已经实现，她觉得第三个预言也一定会实现的。一想到自己的丈夫是未来的国君，而自己将会是王后，麦克白的妻子不禁得意地笑了起来。可她马上又想到阻碍她丈夫当上国君的绊脚石，就是现在的国王邓肯和他的儿子马尔康。为了解决他们，她可以不惜一切代价。

一直以来，麦克白的妻子都觉得自己的丈夫心肠不够狠毒，不像个男子汉，她觉得在现在这个紧要关头，自己有必要心狠起来，来弥补丈夫的不足。正当她想着该如何对付国王和他儿子的时候，外面来了个使者，报告她说国王今晚会到家里来，当然麦克白将军也会回来。听到这个消息，麦克白的妻子非常的高兴，一个狠毒的计划已经在她的心里萌生，她在心里说道："陛下来我这里赴宴，简直就像一只来送死的乌鸦。伟大的魔鬼们，解除我女性的柔弱吧，用最残忍的方式把我武装起来吧。千万不要让怜悯之心来动摇我的决心。我要为我的丈夫解决一切阻碍。"

正在她想得入神的时候，麦克白回来了。麦克白一见到自己的妻子，就马上高兴地告诉她自己打了胜仗，国王给了他很高的荣誉，还告诉了她国王将会带着几位大臣到家里来做客。麦克白的妻子听后问他国王要在家里待多久，麦克白告诉她只住一晚，明天就会回去。他的妻子听后马上想到了一个狠毒的计划,想要害死国王,她把自己的计划告诉了麦克白,并对他说:"我不会让他看到明天的太阳的。我亲爱的夫君,你一定要记住,为了欺骗其他的人,你必须装出和别人一样的神情。无论你的眼神还是举止,都要表现出对国王的欢迎。在别人看来你是善良的,实际上是狠毒的。"

麦克白听了妻子的话,内心有些犹豫,妻子看出了他的犹豫,接着对他说:"你一定要保持好自己的状态,热情地招待今天要来的贵宾,今晚的大事就交给我去做。如果我们成功了,我们今后就有着高高在上的权威了。"麦克白有些担心地告诉妻子,还是再商量商量的好,面对丈夫的犹豫,妻子不屑地说:"商量?还有什么可商量的,既然决定了我们就要去做。现在你只需要自然地抬起头,装作若无其事的样子,你要记住脸上表情的变化最容易引起别人的怀疑。剩下的事就都包在我身上了。"说完她便打发丈夫下去准备,而她自己则出门准备迎接国王等人。

过了一会儿,国王邓肯带着大臣班柯等人来到了麦克白的家。国王先是赞叹了麦克白家的位置很好,在这里可以感受到温柔的清风,大臣班柯也在一旁附和地说:"是啊,陛下,您瞧那些燕子在这里搭建了属于它们的巢穴,空气中有一种诱人的花香,真是一块不可多得的好地方啊。"他们正说着的时候,麦克白的妻子已经微笑着向他们走来,她热情地把一行人迎进房里,停留在她脸上的微笑,和外面的美景形成一道亮丽的风景线,但在这虚伪的外表下,却隐藏了一颗丑陋的心。麦克白的妻子热情地招待了国王等人,国王为了表示对她的感谢,特意送给了她一枚戒指。

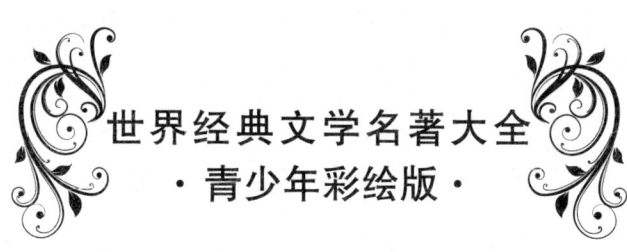

三

老国王被杀死

麦克白的妻子假装欣喜地接过国王送来的戒指,可她心里却想着:"一枚戒指就想把我收买?等我杀了你之后,你的整个国家就都是我的了,我还会在意这一枚小小的戒指吗?"心里虽然是这样想的,但她并没有表现出来。晚宴之后,麦克白和妻子安排国王和大臣们去休息,以前在皇宫的时候,国王睡觉时总是有两名侍卫保护他,这次也不例外。当一切都安排妥当后,麦克白的妻子就开始催促麦克白尽快找机会杀死国王。虽然之前麦克白想过杀死国王,然后自己来代替他,但当真正要动手的时候,他又开始犹豫了。他不确定自己这样得来的王位会坐得长久吗?

麦克白认为杀人这样的事,往往逃不过现实的制裁。当人们教会别人杀人时,自己反而被别人杀死;把毒药放在别人酒杯里的人,往往会自己不小心喝下毒酒而死,这就是因果报应。除此之外,麦克白又想到了国王对自己的信任,他心想:我既

是他的表弟又是他的臣子,按照名分我也不应该对他做这样的事;再来,现在他是客人我是主人,作为主人我有义务保障他的安全,我又怎么能自己刺杀他呢?他又想到了国王是个仁慈的国君,如果自己为了当国君就杀死这么好的国王,别说神明不会饶恕自己,就连苏格兰的人民也不会答应自己这么做的。

麦克白一个人站在角落里想了好多,当妻子催促他的时候,他犹豫不决地对妻子说:"我们还是不要这么做了。陛下对我很好,给予了我很高的荣誉,全城的人们也都赞美我是个英雄,现在的我已经有了显赫的地位,我不想这么快就把它丢弃了。"麦克白的妻子听到丈夫想要放弃,非常的生气,她大声地骂着麦克白:"你就这样胆小怕事吗?为了你那所谓的荣誉和地位,毫不在意自己成为一个懦夫吗,你简直就不是一个男子汉。"听到妻子骂自己是个懦夫,麦克白心里很不服气,他小声地反驳道:"谁说我是懦夫,别的男人敢做的事,我都敢做,我只是怕失败罢了。"

麦克白的妻子见丈夫稍微有了点勇气,又继续鼓励道:"只要你能拿出你全部的勇气,我们是不会失败的。陛下赶了那么久的路一定累坏了,再加上晚宴上又喝了不少的酒,现在的他一定睡得很熟。刚刚我已经用酒把那两名侍卫灌得烂醉如泥,已经毫无知觉了。在这样的情况下,熟睡的陛下不就任我们摆布了吗?事成之后,我们完全可以把责任推到那两名侍卫身上,到时候只要我们装得像,是不会有人怀疑到我们身上的。"经过妻子的一番鼓励和劝说,麦克白终于有了去刺杀国王的勇气。麦克白找来家中最锋利的刀子,一步步向国王的房间走去。

漆黑的夜空中只有几颗星星在闪烁着,偶尔会听到风吹过的声音。麦克白迈着颤抖的步子来到国王门前,虽然有了妻子的鼓励,但他还是很害怕,眼前一直在出现一些幻象。他仿佛看到一把尖刀在他面前摇晃,刀尖冲着他,

刀上还滴着血,麦克白吓坏了,他连忙伸手去抓那把刀,却怎么也抓不到。他站在原地揉了揉眼睛,再看时那把刀似乎还停留在那里。此时的麦克白已经被恐惧包围了,他想退缩,就在这时他想到了女巫的第三个预言,想当国君的欲望战胜了眼前的恐惧。他走进国王的房间来到他的床边,举起手中的尖刀向国王刺去。

麦克白杀死了国王后,正打算离开,突然一个熟睡的侍卫高喊了一声"杀人了",把另一名熟睡的侍卫吵醒了。此时的麦克白已经吓傻了,只能站在那里一动也不动。那名侍卫又说了一句"上帝保佑"就又接着睡去,被吵醒了的侍卫也很配合地说了一句"阿门",便再次昏睡了过去。原来他们两个只是在说梦话,麦克白明白后,深深地松了口气,趁着他们还在熟睡,麦克白以最快的速度离开了国王的房间。麦克白离开国王的房间之后,耳边就一直传来一个可怕的声音:"不要再睡了,麦克白已经杀害了睡眠,从此以后再也睡不成觉了。"

这样可怕的幻听一直跟随着麦克白,直到见到自己的妻子。妻子问他是否已经杀死了国王。麦克白告诉妻子已经杀死了国王,但是自己总会出现一些可怕的幻想。妻子听见丈夫已经得手高兴极了,她安慰麦克白那只是幻想,不要胡思乱想。然后她嘱咐麦克白把手上的血迹洗干净,当她看到麦克白手中带血的刀子时,不禁责备起来:"你怎么能把凶器带回来呢,你应该把它放在那两个侍卫身边,然后再在他们脸上涂上一些血的。"听见妻子想让自己再把凶器放回去,他极力地摇头说:"我不要再回去了,想到我刚做过的事,我就再没勇气回到那里。"

妻子见麦克白如此的软弱,生气地拿过刀子对他说:"瞧瞧你那意志薄弱的样子。死了的人和睡着了的人没什么两样,有什么好害怕的。只有小孩子才会怕画中的恶魔呢。如果陛下还流着血,我就会把它涂抹在那两个侍卫脸上,我必须让别人以为是他们杀死了国王。"说完她便拿着带血的凶刀往国王的房间

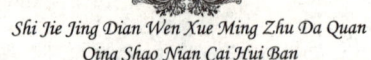

走去。受到惊吓的麦克白一个人留在房间里,他就好像着了魔一样,随便听到一点声音,就会被吓得心惊肉跳。他觉得大洋里的水也洗涤不掉他手上的鲜血。

到了第二天,大臣们来到国王的房间和他商量回去的时间,当他们推开房门的一刹那,所有人都惊呆了。出现在他们眼前的,是一幅血淋淋的画面,国王邓肯躺在血泊中,而两名侍卫则是满脸带血地熟睡在一旁。第一个从震惊中反应过来的是大臣班柯,他大声地朝外喊着:"杀人了,杀人了,国王被人杀死了。"所有听到这个消息的人都吓坏了,连忙赶了过来,悲痛中的一个大臣吹响了凄惨的号角,仿佛在告诉所有人这个悲惨的消息。麦克白和他的夫人假装不知情地从房间里跑了出来,问大臣们发生了什么事,其中有人告诉他们是国王被杀死了。麦克白夫人马上装出一副悲伤的样子,故意地问:"到底是谁这么狠心杀死了我们善良的国王?"听她这么一问,大家才开始喊着捉拿凶手。

所有人都把怀疑的目光放在了守候国王的两名侍卫身上,因为他们的脸上留有血迹。麦克白假装气愤地搜侍卫的身,结果在其中一个人的身上找到了那把杀人的尖刀,刀上还残留了一些血迹。当大臣们问他们话的时候,由于昨晚他们喝了太多的酒,所以什么也说不清楚。麦克白怕事情败露,便假装非常的生气来表示对国王的忠诚,他一气之下用剑把两名侍卫杀死了。就在这时国王的儿子马尔康和道纳本也赶了过来,当他们看到自己的父亲躺在血泊中,一时间悲痛地说不出话来,他们问麦克白是谁干的,麦克白告诉他是那两名侍卫,已经被他一剑杀死了。

四

忠臣班柯遇害

马尔康觉得在事情没搞清楚之前,不应该这么快就杀了他们。麦克白解释着说:"殿下,我真的是气坏了,在这样的情况下,我已经不能保持冷静了。我的理智已经来不及控制我的忠诚,任何一个对国王忠心的人,看到这里也一定会为国王报仇的。"说完之后,麦克白假装陷于深深的悲伤和自责中,麦克白的夫人也假装悲痛得说不出话来。虽然麦克白和他的妻子极力表现出他们的悲伤,尽管那两名侍卫脸上有血,尽管在他们身上搜出了凶器,但是还是有一些大臣把怀疑的目光放在了麦克白夫妇身上,因为国王的死,对他们的好处是最大的。

虽然他们是这么想的,可谁也没胆量当面指责出来。此时最理智的人莫过于大臣班柯,他先是叫人把麦克白的妻子扶下去,然后让大家回去换换衣服,一会儿将召开会议,彻底调查此事,他知道只要认真调查,一定能够查到谁才是真正的凶手。国王的两个儿子马尔康和道纳本沉浸在悲痛的同时,也在思考一个问题,他们觉得这里的大臣和人们都是不怀好意的。马尔康对道纳本说:"弟弟你打算怎么办,我们不要和这些虚伪的人在一起了。看他们一个个装出悲伤的样子,就知道他们在演戏。我已经决定了,我要去英格兰。"道纳本很同意哥哥的意见。

他对哥哥说:"你去英格兰那我就去爱尔兰,我们两个各奔前程,对于我们彼此都是比较安全的办法。哥哥你说得对,刚刚的那些人全部都是笑里藏刀,越是跟我们血统相似的人,越是想要喝我们的血。"兄弟二人商量好之后,便马上动身离开了麦克白的家,分别去了英格兰和爱尔兰。国王邓肯死了,王位原本是要传给长子马尔康的,可现在马尔康却出走英格兰,弟弟道纳本也出走爱尔兰,国家不能一日没有君王,最后只能由血统最接近的麦克白来继承王位。麦克白终于如愿以偿地当上了国王,女巫对麦克白的预言,已经一一应验了。

虽然麦克白如愿地当上了国王,可他却当得很不安,他经常会梦到死去的国王还找自己报仇,这只是他感到不安的一个方面;另一个方面,就是他想到了女巫的预言,女巫曾说过班柯的子孙将来会成为一国之君,想到这里他就对班柯怀有深刻的恐惧,自己好不容易得来的王位,怎么能轻易地让给别人呢?想到这里,麦克白就下了一个决心——一定要把班柯和他的儿子除掉,这样才能巩固他自己的王位。狠心的麦克白决定把所有对他统治有威胁的人一一除掉。

一个计划在麦克白的心中形成,他先是让人去准备一个盛大的宴会,把一些重要的大臣都邀请来了,其中就包括了班柯父子。接着他又找来两名刺客,对他们说:"如果有人想把你们压到坟墓下去,让你们的子孙世世代代都做乞丐,这样的人你们会容忍他活在世上吗?"刺客回答说一定不会让这样的人活在世上。麦克白叹了口气对他们说:"现在就有这样一个人,要把我欺压到坟墓里去,想要谋取我的王位。为了我的子孙,为了我们整个国家,现在我想请你们

为我做一件事,就是杀掉这个野心勃勃的家伙,你们愿意去做吗?"刺客永远都是受雇于人的,谁给他们的钱多,他们就会听谁的,当然不会去管要杀的人是好人还是坏人。刺客答应了麦克白的要求。

麦克白听到他们同意后很高兴,告诉他们在班柯和他的儿子来参加宴会的路上,把他们杀掉。当班柯父子接到邀请的时候,并没有想过这其中会有什么险恶的阴谋,他们按时从家里出发去参加宴会,结果在半路上遇到了麦克白派来的杀手。班柯为了保护儿子而被刺客杀死了,而班柯的儿子则在父亲的拼死保护下逃跑了,后来班柯的儿子的后代子孙真的当上了苏格兰的国王,这也应验了女巫的预言,不过这都是很久很久以后的事情了。当麦克白把刺客派出去之后,便一个人在宫殿里坐立不安起来,一直以来他经常会梦见死去的国王血淋淋地出现在他面前。

除了老国王邓肯外,班柯一直是他的心腹大患。麦克白的愁容被刚走进来的夫人看在眼里,她不明白自己的丈夫既然已经当上了国王,还有什么可发愁的呢?她走到麦克白面前,略带担忧地说:"我亲爱的夫君,您是怎么了,为什么一个人孤零零地站在这里。难道您还不能把您的思念从一个已经死了的人身上召唤回来吗?我一直希望能看到从前快乐的夫君。"麦克白看了看自己的妻子,叹了口气说:"你是不会明白的,我总感觉他的灵魂会回来报复我们的,一直以来我没有一天睡得安稳,总是在噩梦中惊醒。邓肯可以在坟墓里睡得安稳,可我却一直被折磨。"

麦克白夫人听后安慰他说:"好了,我亲爱的丈夫,不要再多想了。晚上还有宴会,您必须把烦恼全部都收起,今天晚上您必须和颜悦色地招待客人。"听了夫人的话,麦克白才想起来今晚还有重要的事要做,他恍然大悟地对妻子说:"夫人说的对,你今晚也要好好招待这些来宾,尤其是班柯,你要尽量地夸赞他,在我们

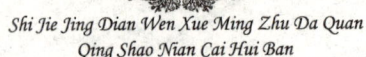

世界经典文学名著大全
·青少年彩绘版·

的地位还没有完全巩固之前,一定要用我们的外表来遮盖我们的内心,不能让别人看穿我们。"两个狠心的家伙在做好一切准备之后,麦克白又想到自己派出的都是优秀的杀手,班柯父子必死无疑,想到这儿他的心情才逐渐平复下来。

到了晚上,众大臣如约来参加晚宴,麦克白和他的妻子盛装出席,麦克白的妻子竭尽全力地表现出她的高贵典雅,对待参加晚宴的大臣们彬彬有礼。就连刚刚还一筹莫展的麦克白,此时也装出一幅若无其事的样子,偶尔还会和群臣们提到班柯,说他和班柯曾经是最好的朋友,他还假装地问为什么班柯还没有到。正在他和群臣们享用晚宴的时候,派去刺杀班柯的杀手回来了,麦克白把杀手带到一个僻静的角落里,问他事情办得怎么样了。杀手告诉麦克白虽然他们杀死了班柯,可班柯的儿子却跑了。听到这个消息,麦克白刚刚放下的心又提了起来,他又想到了女巫们的预言。

女巫曾预言过,班柯的子孙会成为苏格兰的国王,而现在班柯的儿子跑掉了,麦克白害怕班柯的儿子将来会找自己来报仇。麦克白打发杀手下去,自己迷迷糊糊地走到座位上坐下,心不在焉地喝了一口酒,就在恍惚之间,麦克白看到死去的班柯满身是血地朝自己走来,并且坐到了自己的身边,直勾勾地看着自己。麦克白吓坏了,浑身发抖地看着班柯一句话也说不出来,只能用手指指着他。班柯的影像只有麦克白一个人能看见,参加宴会的大臣们只看到了麦克白一个人发抖地站在那里自言自语,却看不到死去的班柯,所有人都搞不懂究竟发生了什么事。

五

麦克白众叛亲离

麦克白的妻子在看到丈夫的反应后,似乎感觉到丈夫看到了什么,她连忙上前安抚丈夫要镇静,并且告诉他一切都只是幻象而已,不要这么害怕。听了妻子的话,麦克白的内心稍稍有些平静,他又看了一眼旁边的座位,班柯的鬼魂已经不在了。心情平静下来的麦克白连忙向众大臣赔罪,说自己最近得了一种怪病,经常这样。大臣们虽然很疑惑,但既然麦克白都这么说了,他们也就不再细问,大家又继续喝起酒来。可事情并没有这样结束,过了一会儿,班柯的鬼魂再一次出现在麦克白的面前,这一次麦克白是彻底崩溃了,他语无伦次地和班柯的鬼魂说起话来。

世界经典文学名著大全
·青少年彩绘版·

麦克白的妻子怕丈夫当着大臣们的面,说出一些不该说的话,她急忙对大臣们说:"唉,你们国王的怪病又发作了,经常是这样,总是说一些让人听不懂的话,大家不要紧张也不要管他。原本想请大家好好吃一顿晚宴的,没想到国王又犯了怪病,今天的宴会就到此为止吧,大家都回去好好休息吧,你们的国王也该休息休息了。"听了王后的话,大臣们也都不再久留,说了一些客套的话之后,就全部离开了。而麦克白却一直被班柯的鬼魂纠缠着,无论在什么场合,麦克白总会看到班柯血淋淋出现在自己面前,害得他吃不好饭,睡不好觉。

另一方面,自从班柯被人刺杀了之后,整个苏格兰城人心惶惶,很多大臣和将军都为了保命逃离了苏格兰去了别的国家,就连最受人尊重的老臣麦克德夫也带着家人逃到了英格兰,投奔了邓肯国王的儿子马尔康。这一切麦克白都看在眼里却无能为力,他又想到了女巫曾经的预言,难道自己好不容易得到的王位一定要拱手让人吗?他不甘心,很不甘心,思前想后麦克白决定再去找那三个女巫,他想要知道自己的将来会是什么样的。麦克白派了很多人出去打探女巫下落,经过了一番了辛苦的寻找,麦克白等人终于在一片荒原上找了曾经的三个女巫。

麦克白问她们自己将来的命运如何,女巫们看了看他,然后对他说:"你之前的命运我们已经预测到了,接下来的事我们没有能力去预测到。这样吧,我们带你去见我们的主人们,她们法术高强,会告诉你想要的答案。"说完女巫们便带着麦克白去见她们的主人们。女巫们的主人其实就是一些法术高强的精灵,第一个精灵围着麦克白转了一圈,对他说:"麦克白,你要当心麦克德夫。"说完之后,精灵便不见了。精灵的第一句话也正是麦克白所担心的,他一直都觉得麦克德夫是自己最大的敌人。正当麦克白在想如何对付麦克德夫的时候,第二个精灵也出现了。

第二个精灵对麦克白说:"麦克白你要学会残忍,学会勇敢,你不用去在意

那些可笑的人们,因为凡是正常从母亲肚子里生出来的人都伤不了你。"说完之后第二个精灵也不见了。听了这话,麦克白心里的石头可算放下了,他觉得这个世界上不会有这样的人能伤害自己了。正在他得意的时候,第三个精灵又出现了,它对麦克白说:"麦克白,你一定要像一头狮子一样勇敢,不要担心别人的愤怒,也不要担心会有谁敢算计你。你是永远都不会被打败的,除非有一天勃南的树林会向邓西嫩高山移动。"说完之后,第三个精灵和那三个女巫一起消失了。

听了第三个精灵的话,麦克白的心算是彻底放下了,他自鸣得意地说:"怎么可能会发生这样的事呢?谁会有这么大的权力,去命令那些深埋于地下的根移动呢?哈哈,勃南的树林永远都不会移动的,那么也就不会有人能动摇我国王的地位,我还在担心什么呢?就算是麦克德夫也拿我没有办法。"虽然麦克白嘴上这么说,但他还是觉得麦克德夫对自己存在着威胁,他要想个办法先除掉麦克德夫才行。麦克白回到宫中之后,向妻子询问最近发生的事,妻子告诉他,麦克德夫逃到英格兰之后,就投靠了马尔康,并且在英格兰组建了一只军队要和苏格兰抗衡。麦克白听后非常的生气,觉得麦克德夫是存心和自己过不去。麦克白一怒之下找来一些杀手,让他们去麦克德夫的家,把他那些尚未逃走的妻儿和亲戚们都杀死。杀手们得到麦克白的命令后,便前往麦克德夫家,把麦克德夫的妻儿亲朋全部杀死,就连附近的邻居也都被杀手们一并杀死了。麦克白的这种举动,令全国的人们感到愤怒和不满,他们都觉得麦克白是一个暴君,不值得拥护,许多大臣和百姓全部都举家逃到了英格兰,投靠了马尔康和麦克德夫,准备和他们一同打败麦克白。

剩下的那些没有逃走的将军和士兵们,对麦克白的暴行也非常的不满,打仗的时候也都不尽全力。当麦克德夫知道麦克白杀死了自己的妻儿和亲朋时,悲痛不已,他发誓要打回苏格兰把麦克白赶下王位。麦克德夫带着这股仇恨,率领着士兵和麦克白的队伍在战场上厮杀着,由于麦克白的士兵对麦克白的暴行感到非常不满,所以打仗的时候他们都不用心,让麦克德夫有机可乘,率领大军一路打向苏格兰。麦克白的士兵死的死,逃的逃,为了继续对抗马克康的部队,他不得不在城内强行征召一些士兵。这些士兵也都痛恨这个残暴的君王,都不认真为他作战。

　　此时的麦克白孤独极了,全城的百姓痛恨他,将军和士兵都离开了他,就连一直拥戴爱护他的妻子也病倒了。麦克白的妻子由于每天只想着如何巩固丈夫的王位,算计着那些她认为要谋取她丈夫王位的人,结果操劳过度,积劳成疾。每天晚上她都会做可怕的噩梦,梦见全城的人们带着仇恨的目光包围自己,还有那些被自己害死的人也经常血淋淋地出现在她面前,最后她终于受不了精神的折磨瘫痪在床。自从妻子病倒以后,麦克白觉得自己更加的孤独,这也使得他的性格更加的古怪,脾气更加的暴躁。虽然他很孤独很悲伤,但他却一点都不害怕。

　　前线的士兵来报军情时,带来的消息总是麦克白的军队溃败,麦克德夫的部队越来越临近苏格兰城了。麦克白的脸上看不到任何害怕的神色,他总会对前来报告的人说:"不要再向我报告这些没用的消息了,除非勃南的森林会向邓西嫩这边移动,否则我是不会感到一丝害怕的。马尔康和麦克德夫算得了什么?他们不都是母亲正常怀胎所生的吗?曾经有个精灵告诉我,只有那些不是由他们母亲正常怀胎所生的人,才有可能伤害得了我。士兵们,不要害怕,勇敢地去和马尔康的士兵对抗吧,胜利是永远属于我们的。至于那些逃跑的士兵,总有一天他们会后悔的。"

六

恶有恶报,麦克白被杀死

当所有人都以为麦克白疯了的时候,只有他自己始终坚信胜利会属于自己。为了印证自己所说的话,他增派了巡逻的士兵,让他们提高警惕防止敌人来袭。而他自己则穿上了战衣,带着士兵亲自在城堡里守卫着。这一天麦克白像往常一样带着士兵在城堡上巡视着,他得意地对士兵们说:"我派了重兵来把守这座城堡,又怎么会怕马克康的部队围攻呢?他们尽管来,来多少我就杀他多少。"就在他想继续往下说的时候,忽然听到了阵阵的啼哭声,他忙问士兵是什么人在哭,又为什么哭。士兵沉痛地告诉麦克白,王后最终因忍受不了精神的折磨自杀身亡了。

听到这个消息麦克白悲痛不已,这世上唯一拥护自己的人也去世了,他感到空前的孤独与无助,他悲伤地对士兵说,又仿佛是在自言自语:"唉,死就死吧,反正早晚有一天她都是要死的,这个消息早知道晚知道都是一样的。"悲伤之后,他又恢复

了之前的样子,他知道这个时候是不能把悲伤放在第一位的,他把所有的仇恨和悲伤都归在了麦克德夫和马尔康身上。他始终相信自己可以战胜马克康的部队,自己的城堡如此的坚固,再加上精灵说过只有勃南的树林向邓西嫩移动,他才有可能被打败。带着这样的心态,麦克白静下心来等待着马尔康部队的到来。

这一天,一位出去巡逻的士兵慌张地跑了回来,他带着紧张的神情对麦克白说:"陛下,刚刚我看到了非常奇怪的一幕,也许我说了你都不会相信,但这却是事实。刚刚我在山上巡逻的时候,往勃南森林的方向看了一眼,结果却看到那里的树林正缓缓地向我们这边移动,就好像整座森林是活的一样。我敢发誓我所说的一切都是真的。"听了士兵的汇报,麦克白慌了起来,他没有想到勃南森林居然真的能向邓西嫩移动,这也印证了精灵说的话,难道自己真的是注定被打败吗?麦克白开始担心害怕起来,虽然心里很害怕,但他并没有退缩,他还深信着精灵的第三条预言。

他相信只要是正常出生的人,都不可能伤害得了自己。想到这儿,他整理了一下战衣,对所剩无几的士兵说:"勇士们,跟随我去和马尔康的部队厮杀吧,不管他们的军队有多少人,我始终坚信胜利是属于我们的。"说完他便带着残余的士兵杀了出去,和马尔康的部队拼杀起来。其实,勃南的森林并不是真的活了,当马克康和麦克德夫率领部队来到勃南森林附近时,马尔康为了出其不意地偷袭麦克白,他命令士兵每个人砍下一根树枝,然后把树枝举在前面,这样就能把士兵们全部隐藏起来,麦克白便无从知道他们的部队实力如何。这样,麦克白的士兵才会看到会移动的勃南森林。

等到了麦克白的城堡下面,马尔康便叫士兵们拿掉树枝和麦克白的士兵厮杀起来。此时的麦克白已经被逼得无路可退,他就像一头被激怒的野兽一样在

战场上厮杀着,他的内心始终记得"正常从娘胎里生出来的人都伤不了他"这句话,带着这样的心理,他勇猛地杀敌,凡是和他交手的马尔康的士兵,全部都死在了他的剑下。而这一边,麦克德夫也在寻找麦克白的身影,他要替自己的妻儿报仇,替那些被麦克白夫妇害死的大臣们报仇,替整个苏格兰的人民报仇。而麦克白始终记得第一个精灵告诉他的话,要他当心麦克德夫,所以麦克白在战场上一直尽力躲避他。

可麦克德夫却不肯放过他,最终两个人还是相遇了,麦克德夫带着仇恨和麦克白拼杀起来。两个人曾经都是非常勇猛的将军,难以分出胜负,渐渐地麦克白有些疲惫了,但他并没有认输,他对麦克德夫说:"你不用白费力气了,你是杀不了我的。你还不知道吧,我是有神灵保护的,任何一个正常从娘胎里生出来的人都伤不了我,我劝你还是不要再做无谓的反抗了。"听了麦克白的话,麦克德夫冷冷地笑了一下,对麦克白说:"不要以为有什么神灵保佑了,它们救不了你的性命。你当国王这段时间杀害了那么多的人们,这样的罪责你是逃脱不掉的。"

麦克德夫接着说:"你是注定要死的,告诉你吧,我是不足月的时候从母亲的腹中剖出来的,并不是正常出生的。"听了麦克德夫的话,麦克白知道自己的死期真的是到了,他沮丧地说:"那些所谓的精灵和魔鬼有什么区别,他们用模糊的话来愚弄我,虽然那些话都应验了,但却和所期望的完全相反。麦克德夫,我不想再和你打下去了。"麦克德夫让麦克白投降,然后告诉他,他会把他的画像贴满全城,并且在下面写着"这就是暴君的样子"。麦克白宁愿战死沙场也不想被全城的人们唾弃,想到这儿,他再一次拿起剑和麦克德夫打了起来。

此时的麦克白已经没有力量来对抗麦克德夫了,最终他被麦克德夫杀死并砍下了脑袋。战后马尔康清点自己的部队,善良的马尔康希望自己的士兵一个都没有死，可是那是不可能的，看到马尔康悲伤的样子，大臣都安慰他，告诉他打仗是免不了有死伤的。正在大家安慰马尔康的时候，麦克德夫带着麦克白的脑袋来到了马尔康面前，他把麦克白的脑袋放到地上对马尔康说："你看我已经杀死了暴君麦克白，他的暴政已经被推翻了。从现在起，您就是我们的国王了。"所有人都拥戴马尔康当国王，麦克德夫还带领着人们高呼"苏格兰国王万岁"。

在人们的欢呼声中，马尔康当上了苏格兰的国王。为了感谢人们的拥戴，马尔康决定论军功进行奖赏，凡是在对抗麦克白的暴政上有功的，都得到了相应的奖赏。那些曾经因不满麦克白暴行而举家逃走的大臣们，他也想尽办法把他们找回来，进行妥善的安置。此时的苏格兰，又恢复了曾经的欢声笑语和祥和气氛，天空中不再弥漫着战场的硝烟，湛蓝的天空中，只留有祥和的云彩。

第一辑
格林童话
安徒生童话
王尔德童话
爱丽丝漫游奇境记
绿野仙踪
列那狐的故事
小鹿斑比
水孩子
小公主
秘密花园

第二辑
东周列国志
三十六计
杨家将
史记故事
孙子兵法
森林报
昆虫记
福尔摩斯探案故事
莎士比亚悲剧集
莎士比亚喜剧集

第三辑
好兵帅克历险记
苦儿流浪记
孤女寻亲记
堂吉诃德
飘
简·爱
呼啸山庄
傲慢与偏见
一千零一夜
欧也妮·葛朗台

第四辑
伊索寓言
王子与贫儿
鲁滨逊漂流记
尼尔斯骑鹅旅行记
汤姆·索亚历险记
哈克贝利·费恩历险记
金银岛
神秘岛
白鲸
海底两万里

第五辑
名人传
战争与和平
猎人笔记
双城记
童年·在人间·我的大学
茶花女
漂亮朋友
野性的呼唤
红与黑
父与子

第六辑
国学经典
包公案
狄公案
济公传
老残游记
儒林外史
儿女英雄传
古文观止
三言
二拍

第七辑
悲惨世界
巴黎圣母院
三个火枪手
上尉的女儿
理智与情感
基督山伯爵
钢铁是怎样炼成的
莫泊桑短篇小说选
汤姆叔叔的小屋
雾都孤儿

第八辑
红楼梦
西游记
三国演义
水浒传
聊斋志异
说岳全传
三侠五义
封神演义
隋唐演义
镜花缘

第九辑
弃儿汤姆·琼斯史
小妇人
母亲
小海蒂
柳林风声
唐宋传奇
搜神记
曾国藩家书
琵琶记
元代戏曲选编

第十辑
波丽安娜
海狼
红字
高老头
包法利夫人
苔丝
复活
名利场
罪与罚
死魂灵
希腊神话
木偶奇遇记